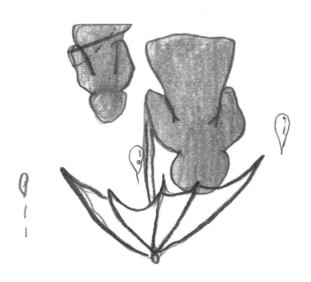

그럼저럼, 미안해서

흥앙이흥

배

언 굼

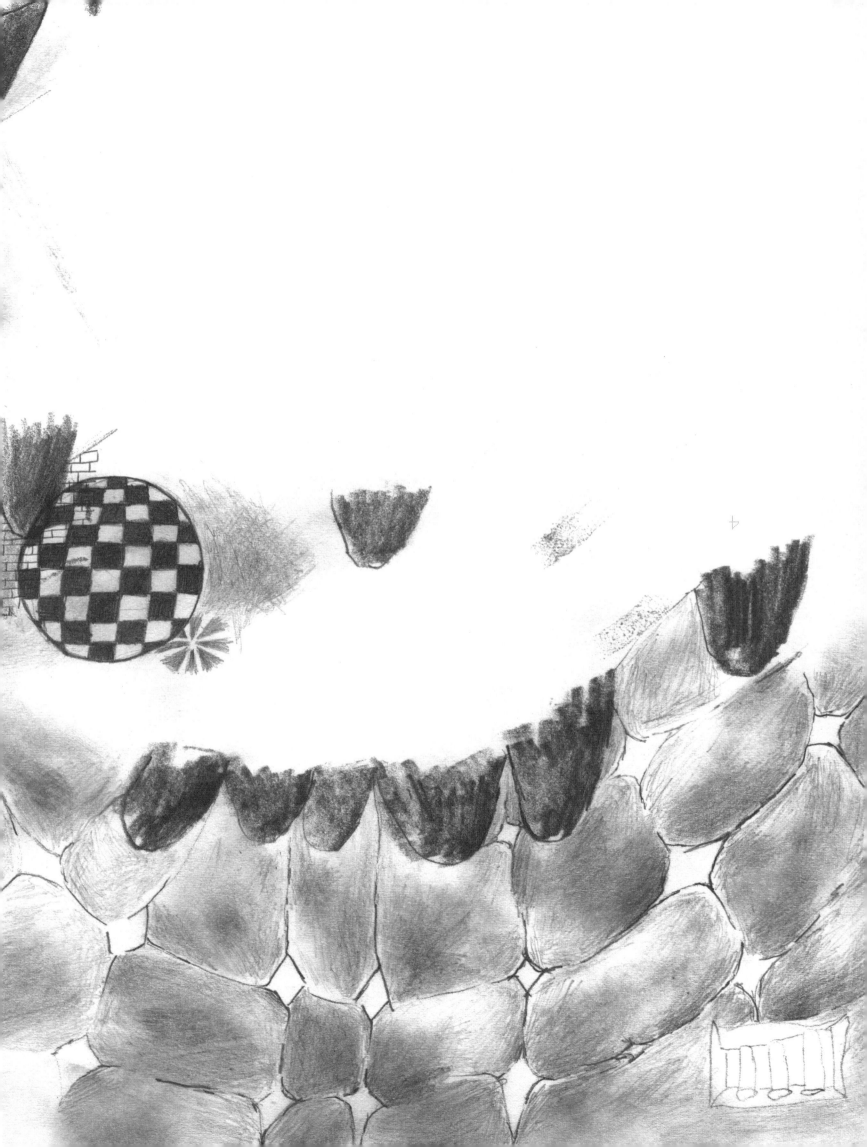

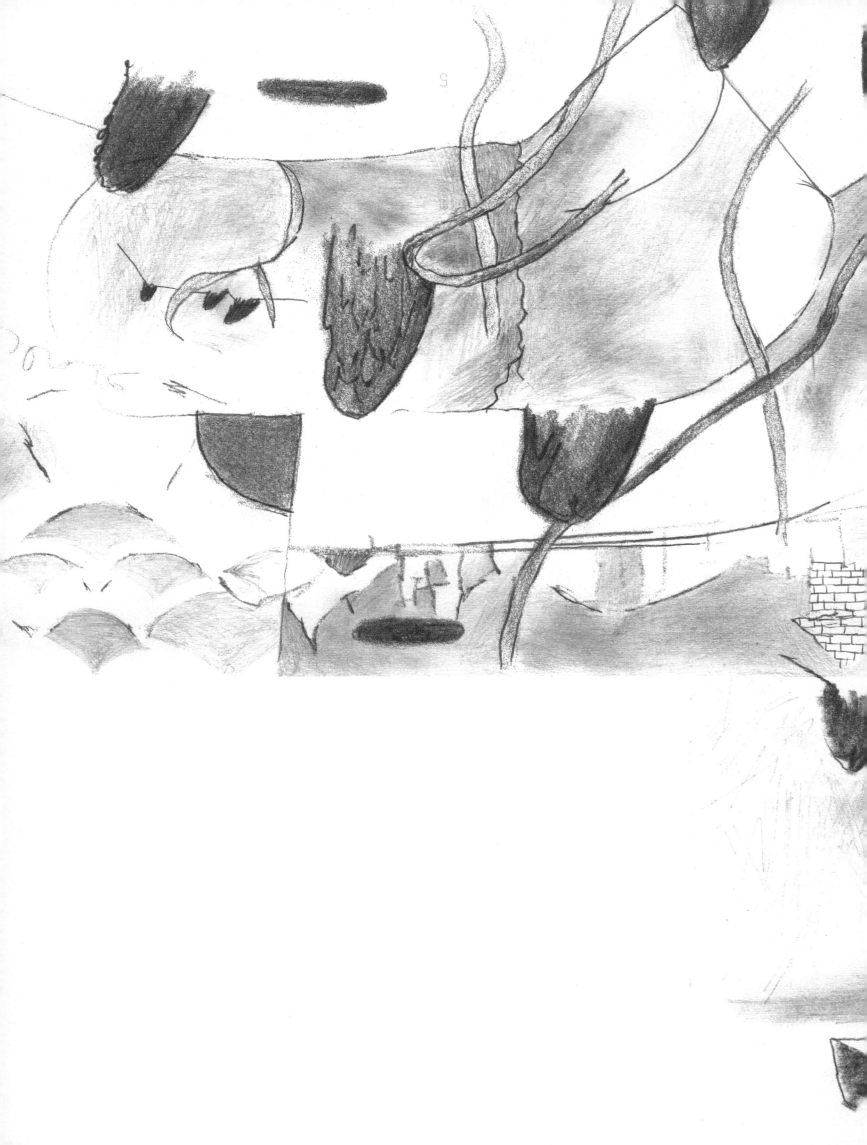

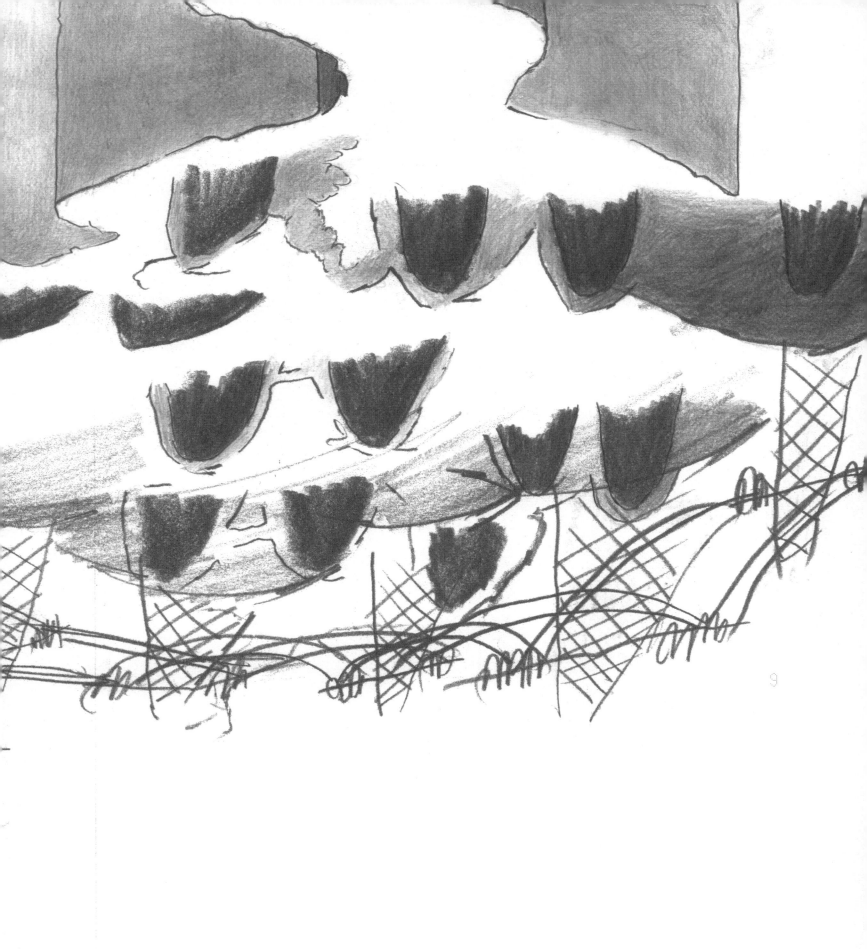

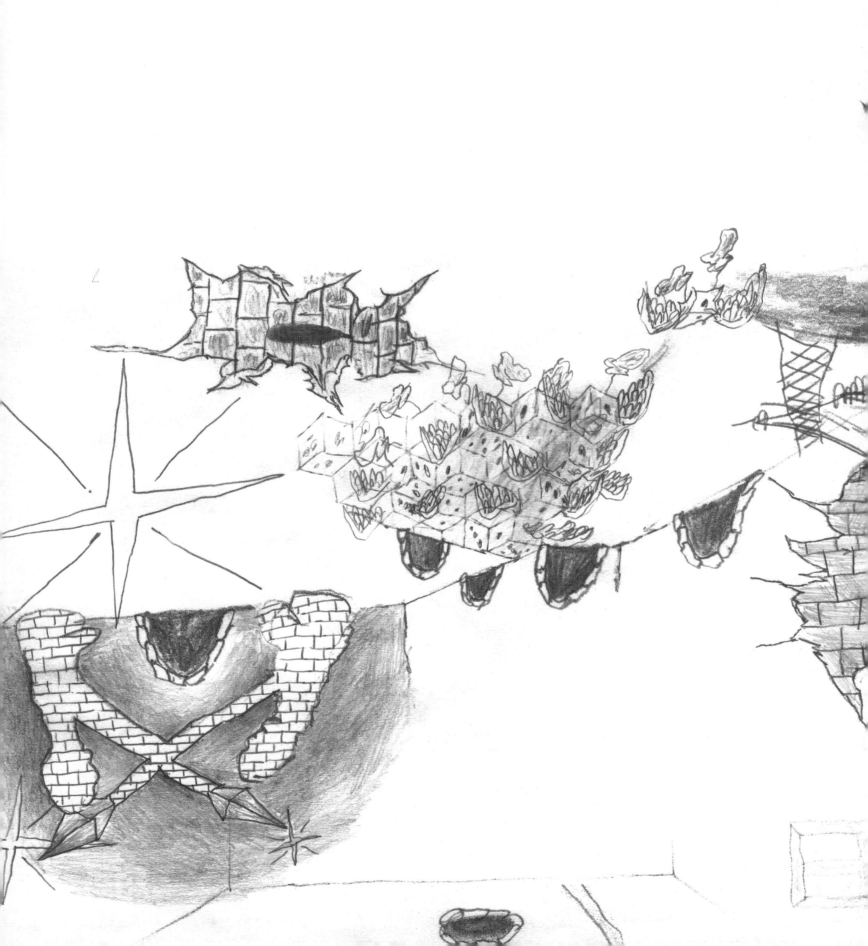

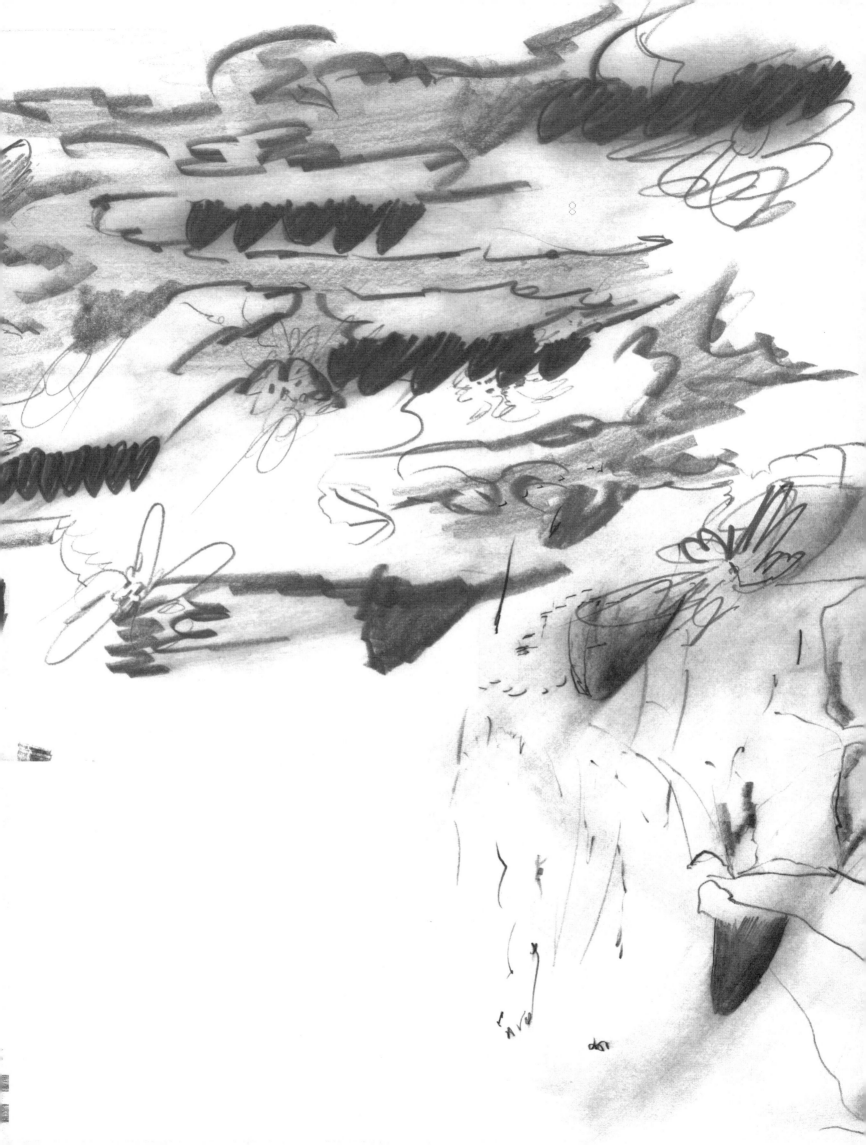

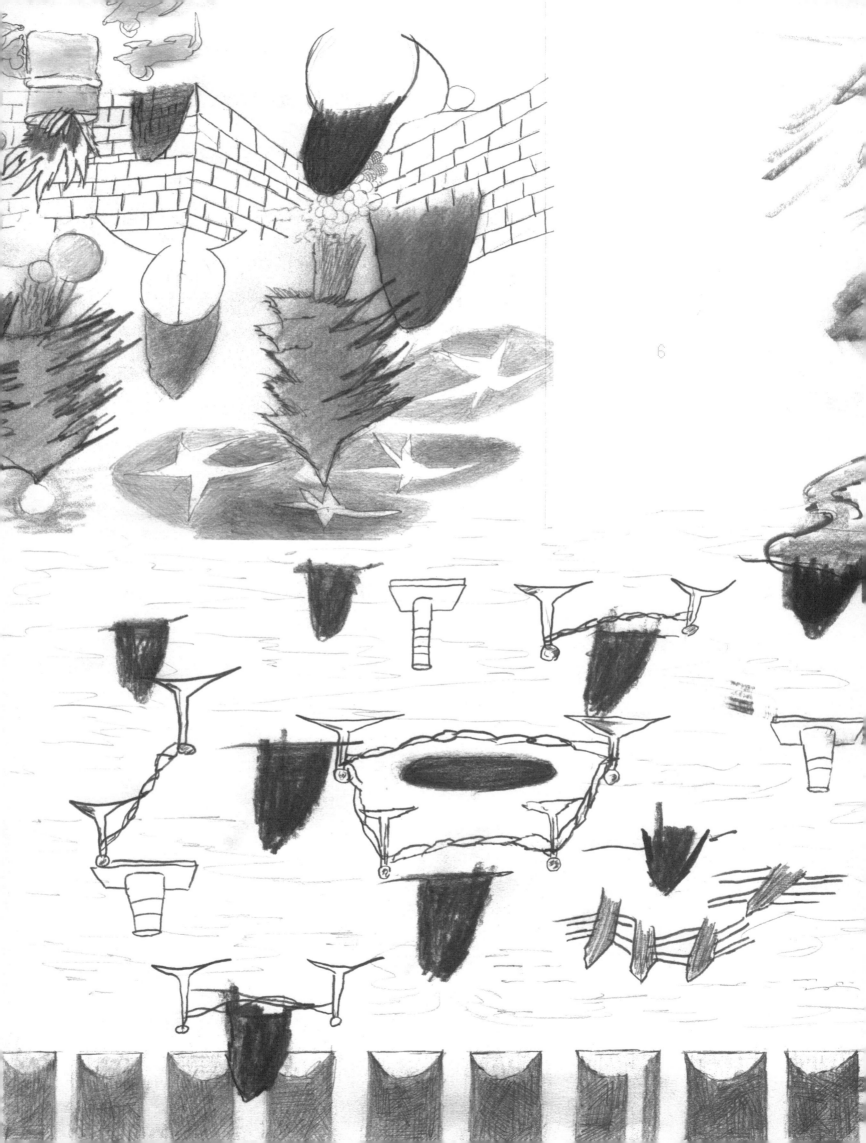

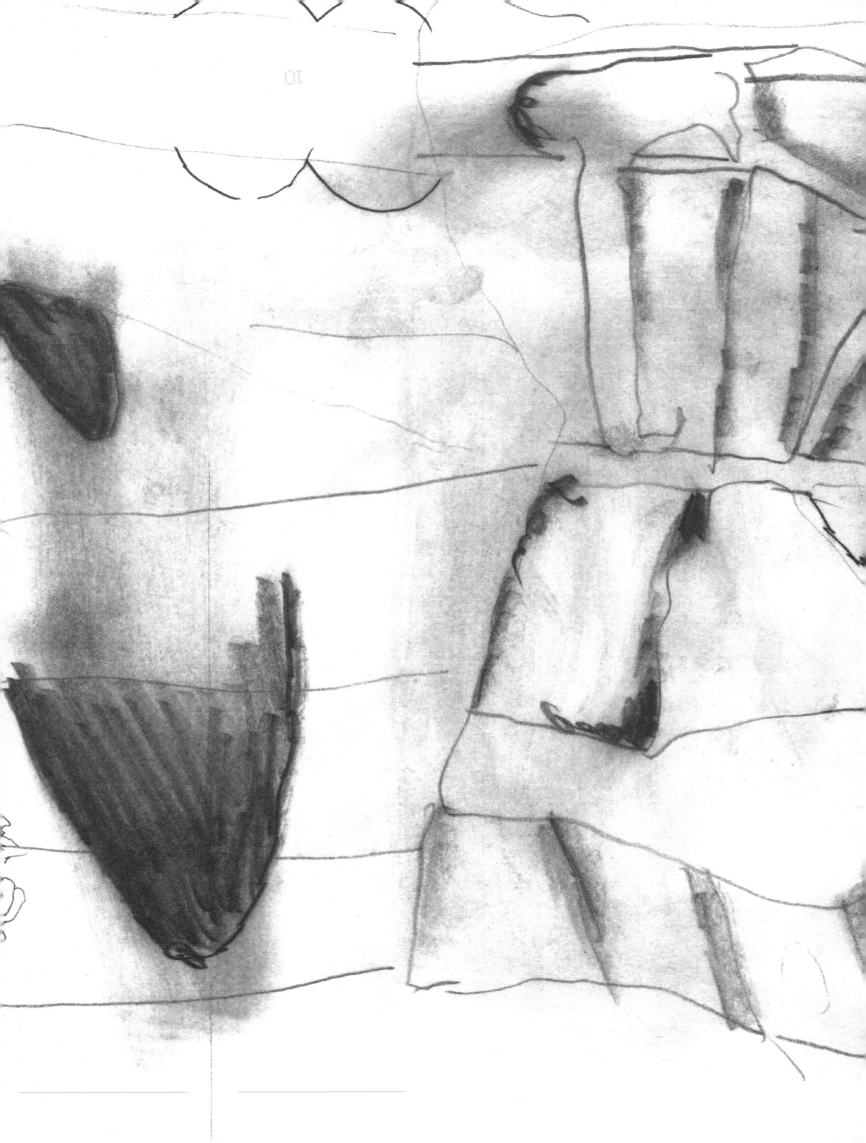

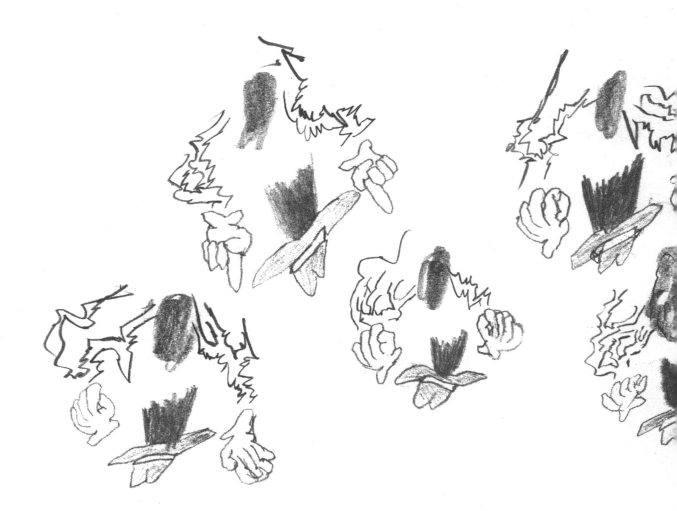

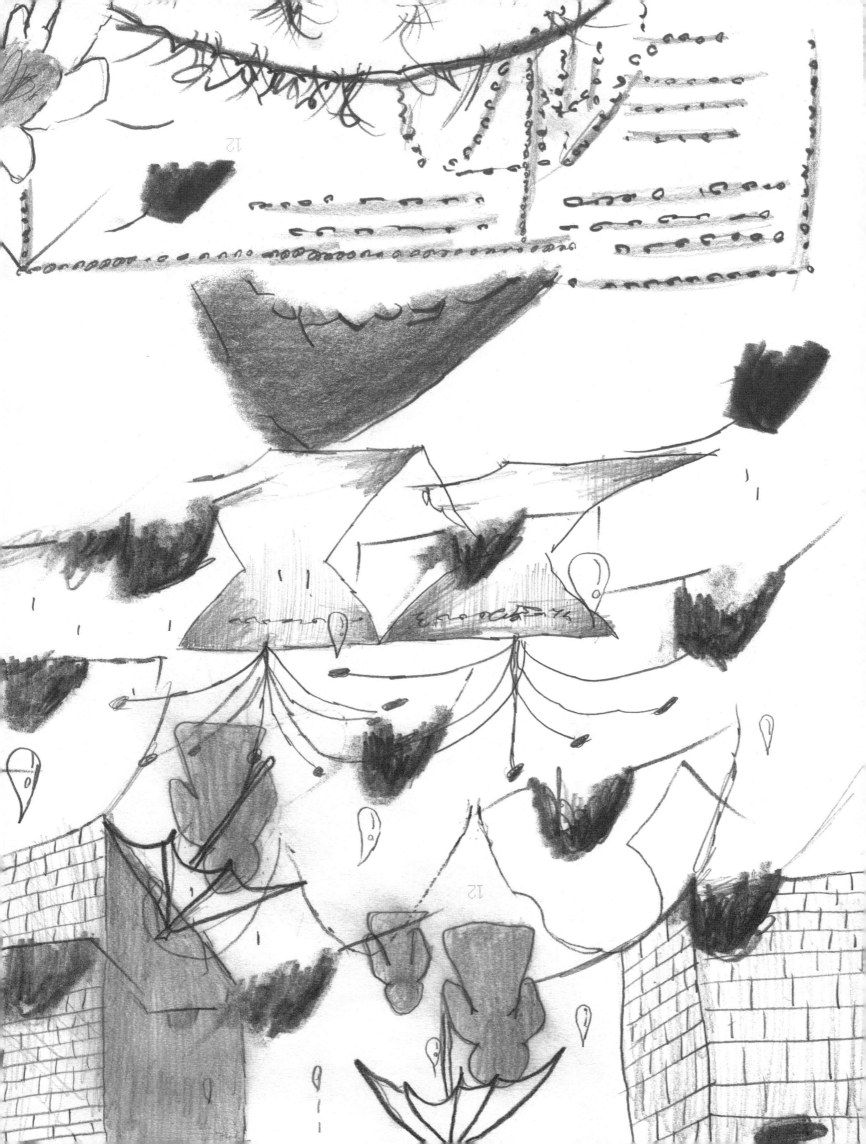

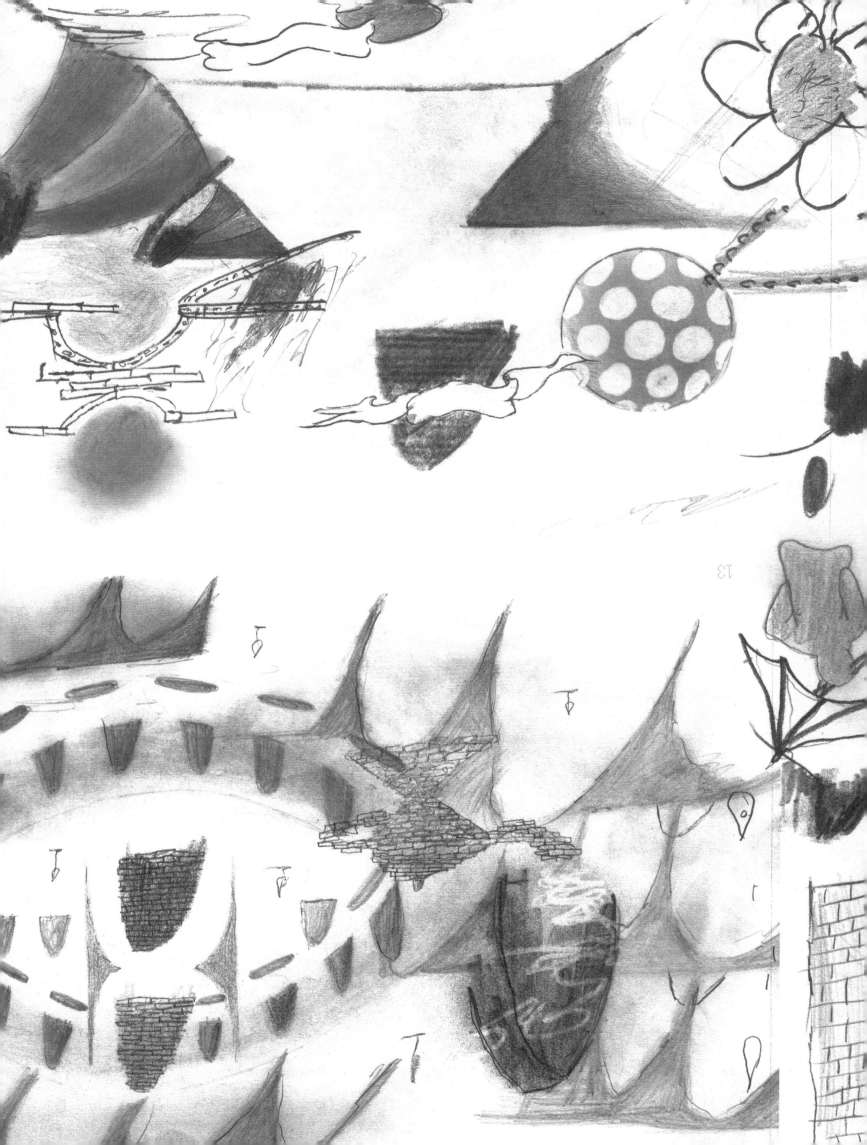

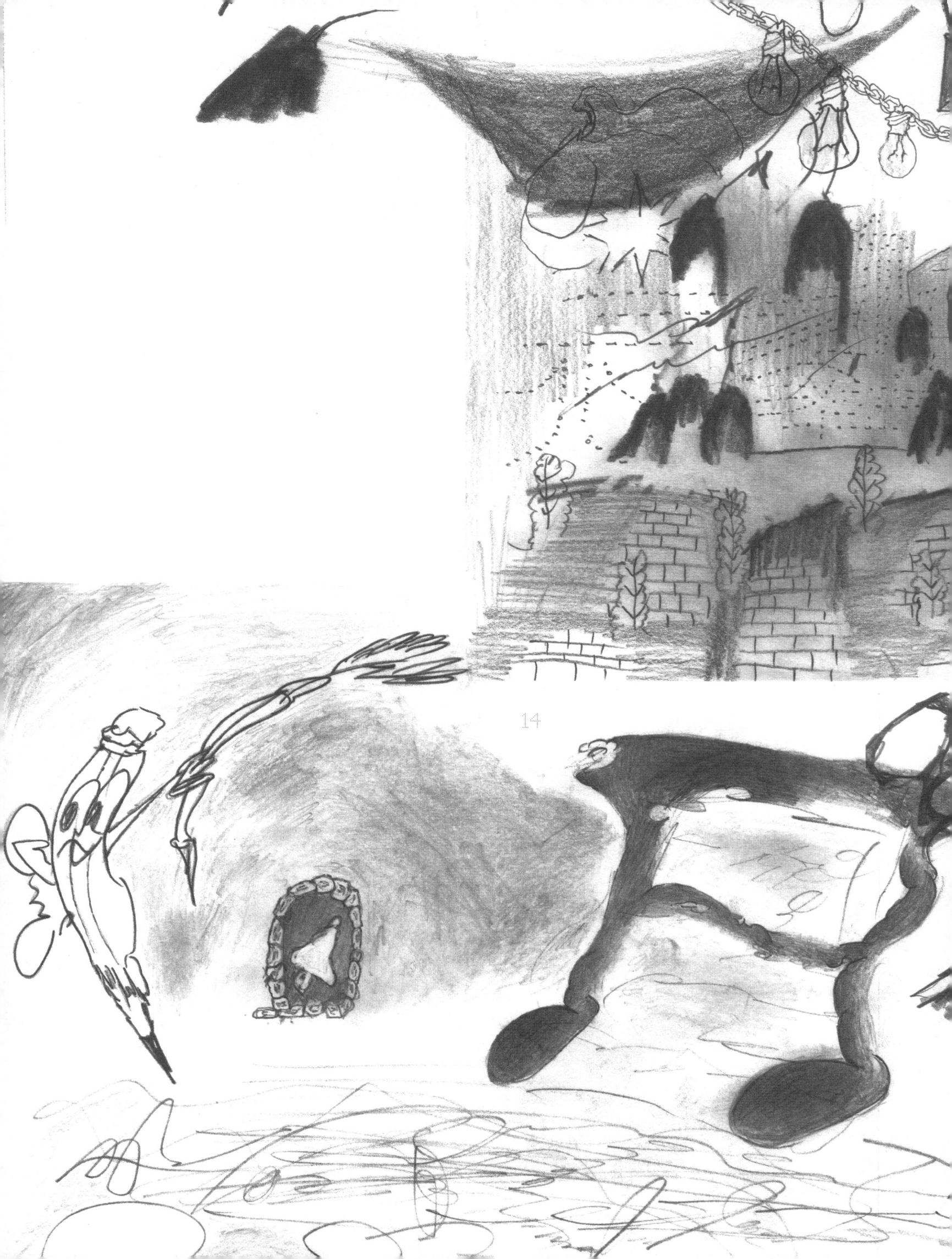

14

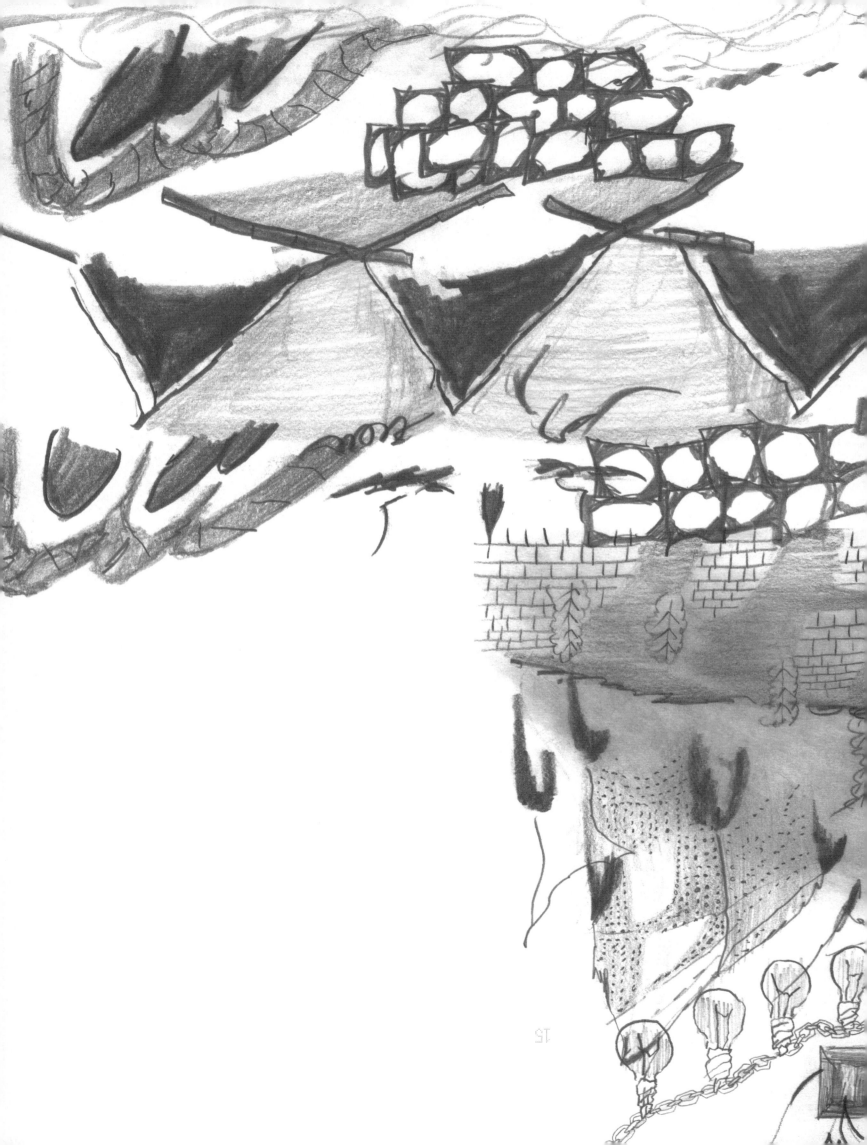

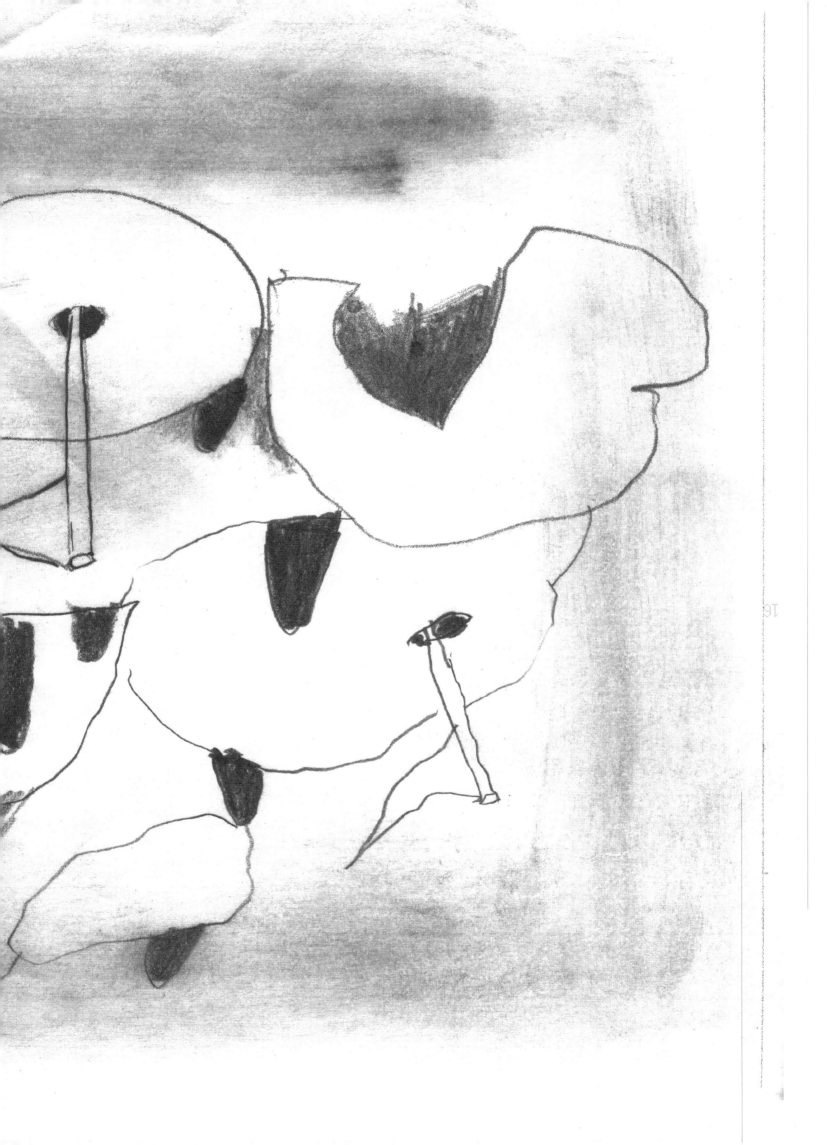

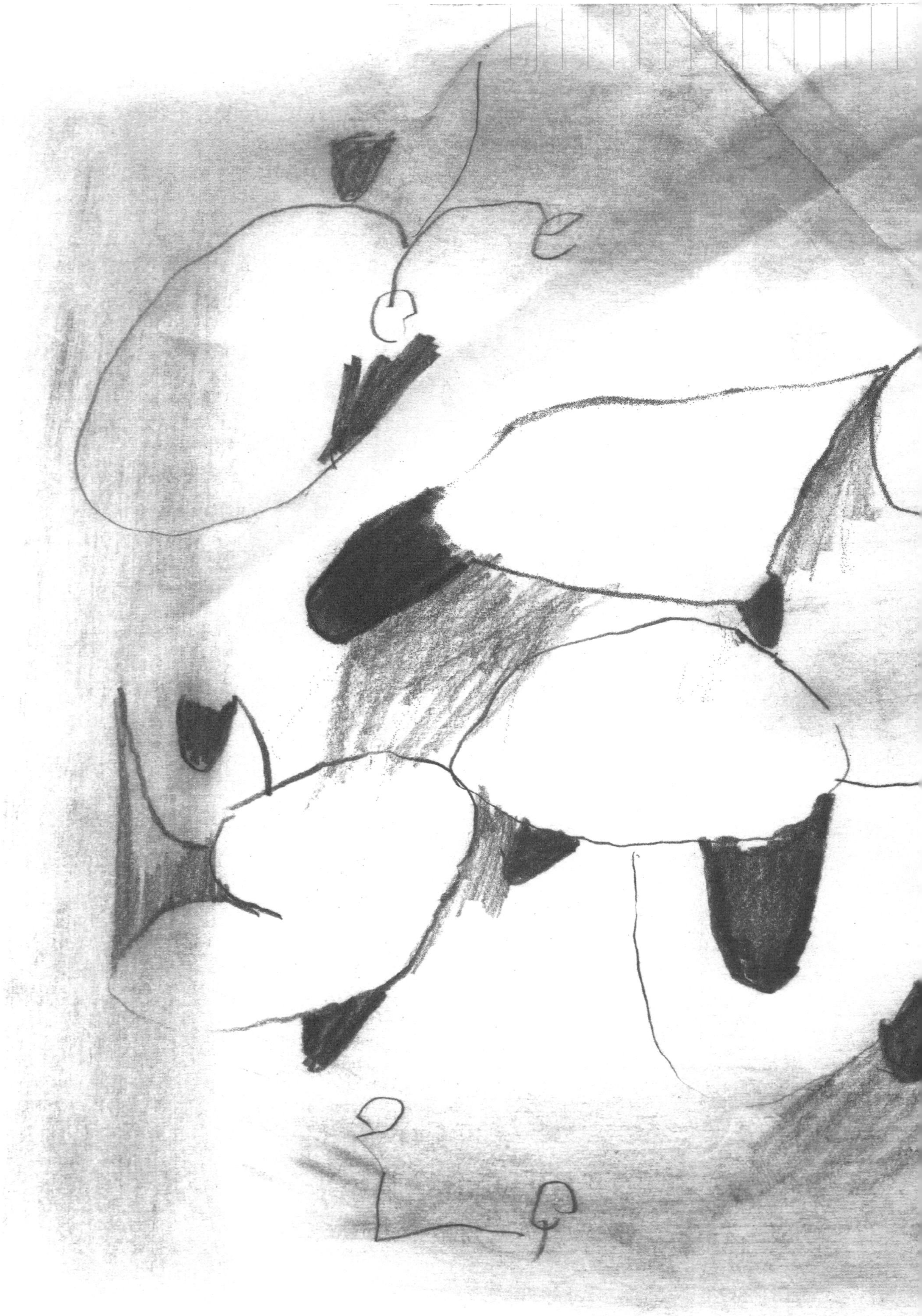

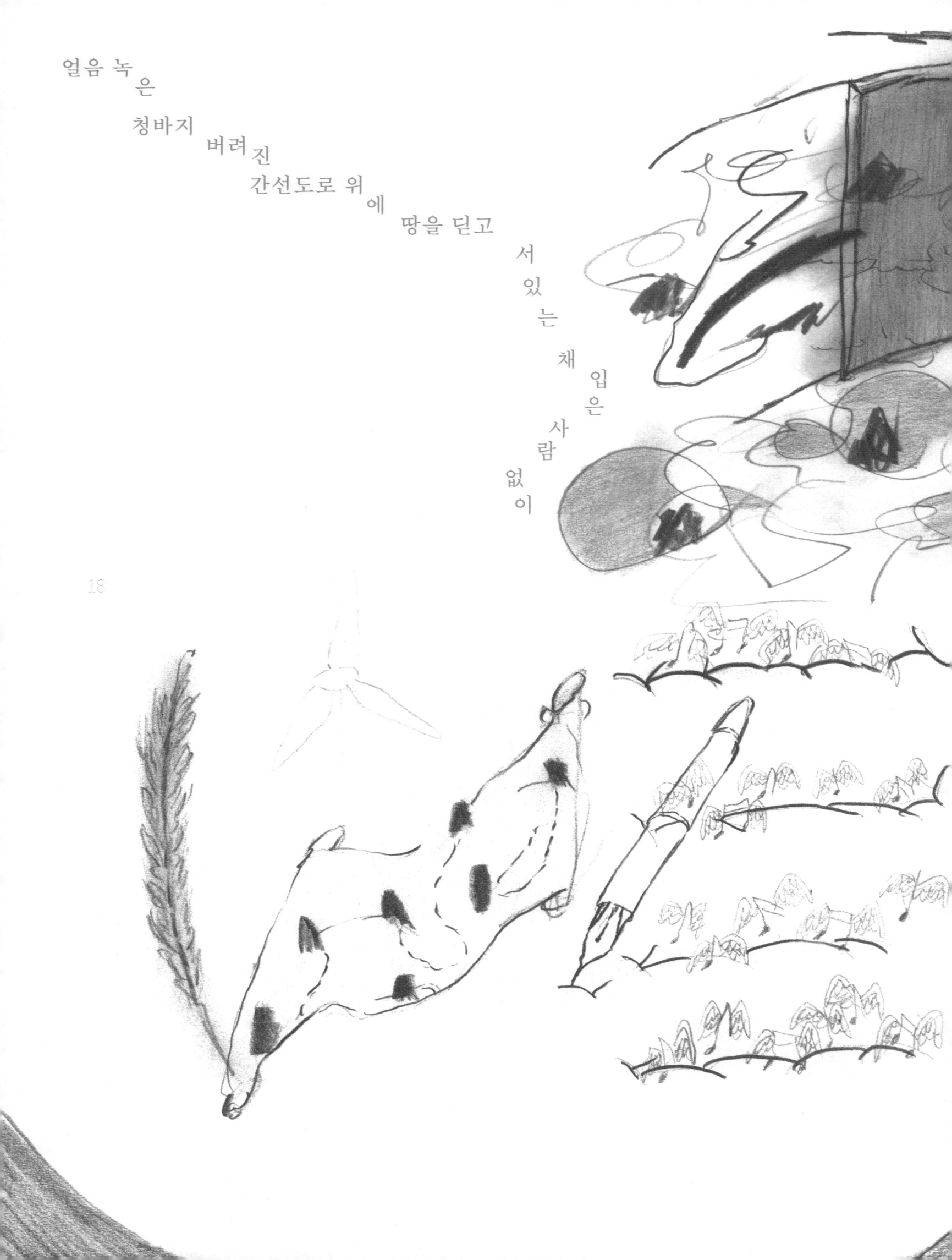

얼음 녹은
청바지 버려진
간선도로 위에 땅을 딛고
서 있는 채 입은 사람 없이

18

청바지   비스듬히 서서 물 기 를

빛
처럼
흘
리
며
불
타
듯
부드
럽
게   느
르
번져 오

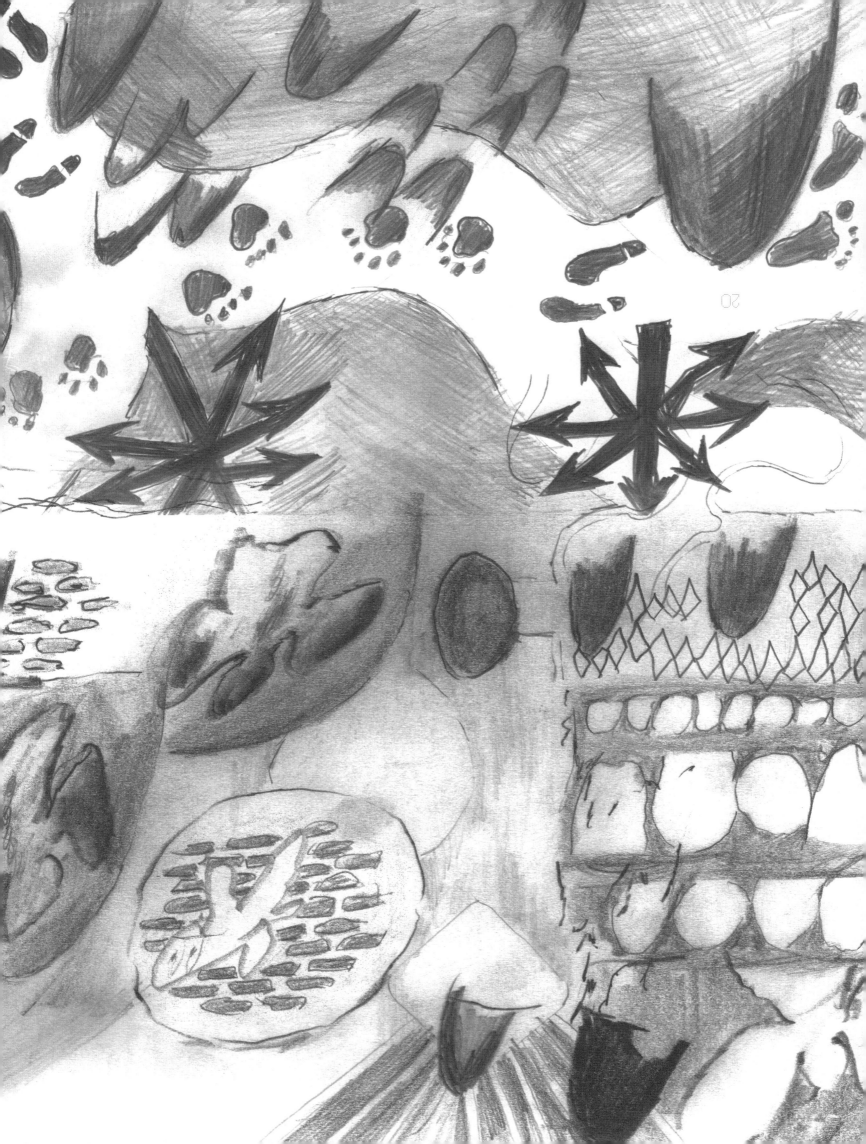

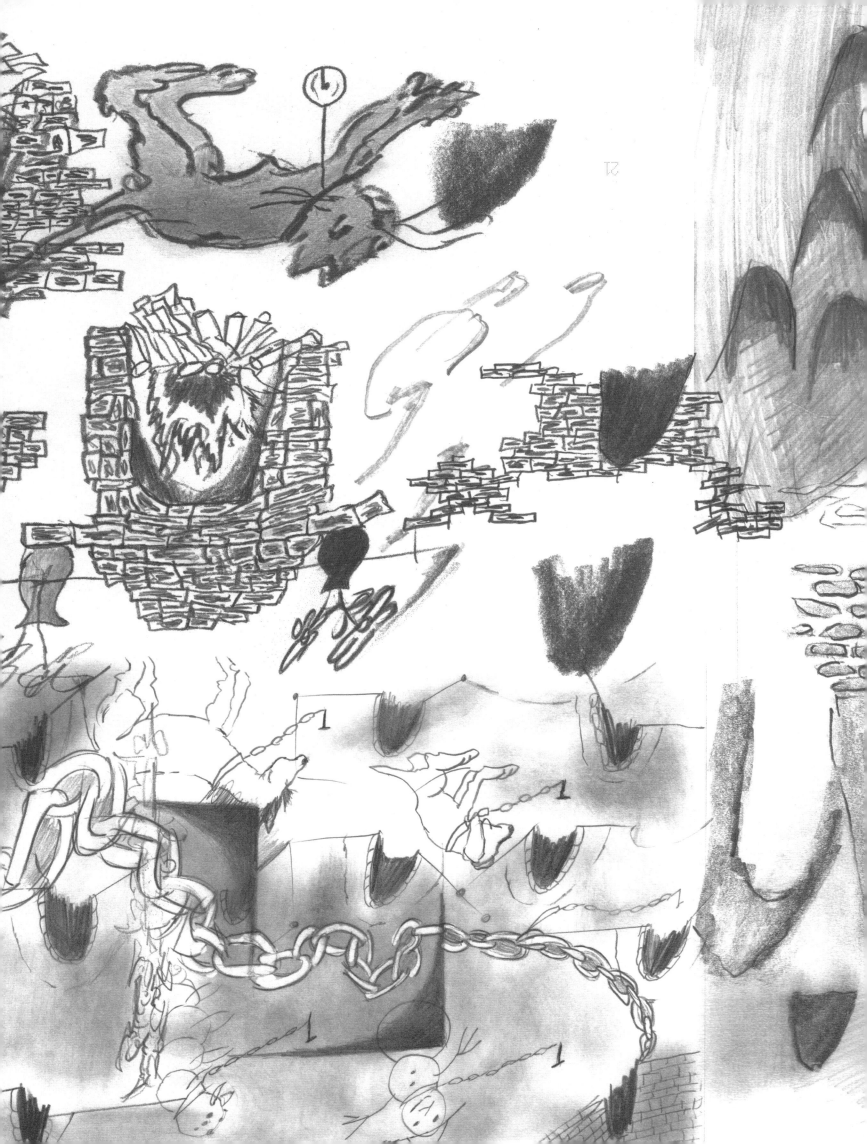

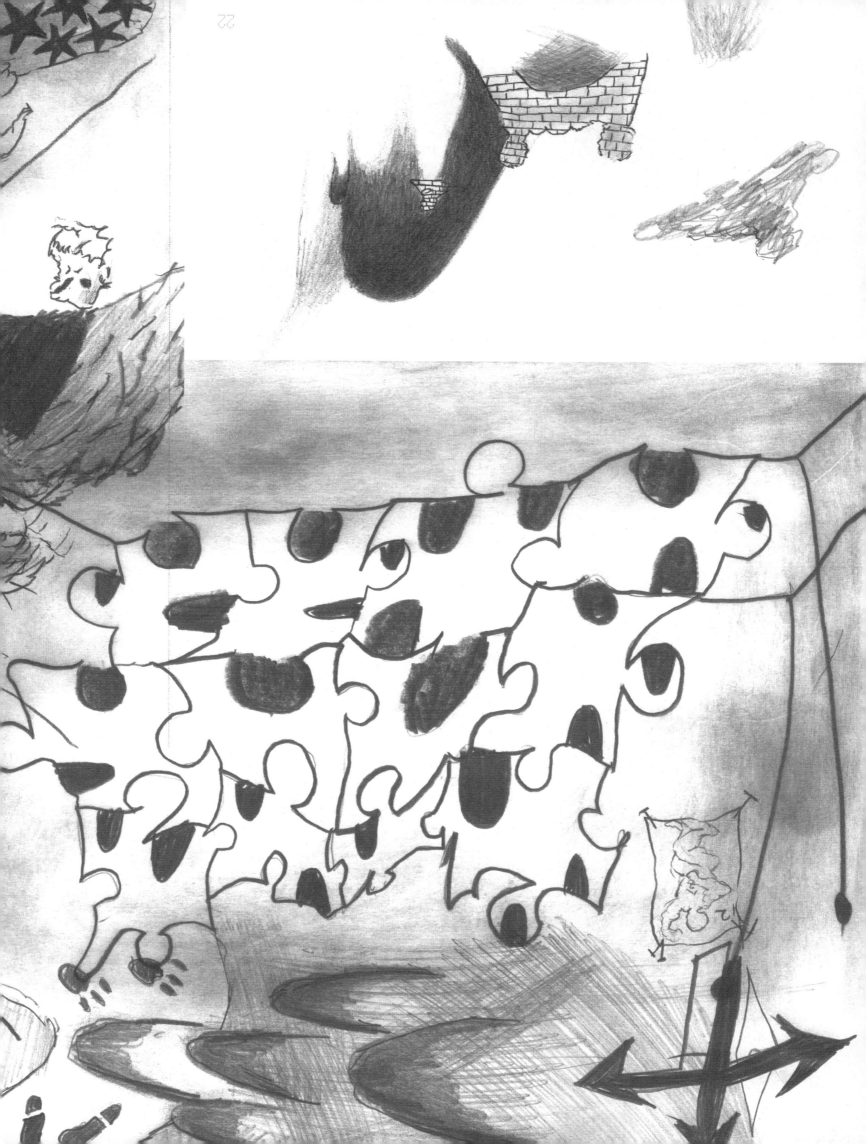

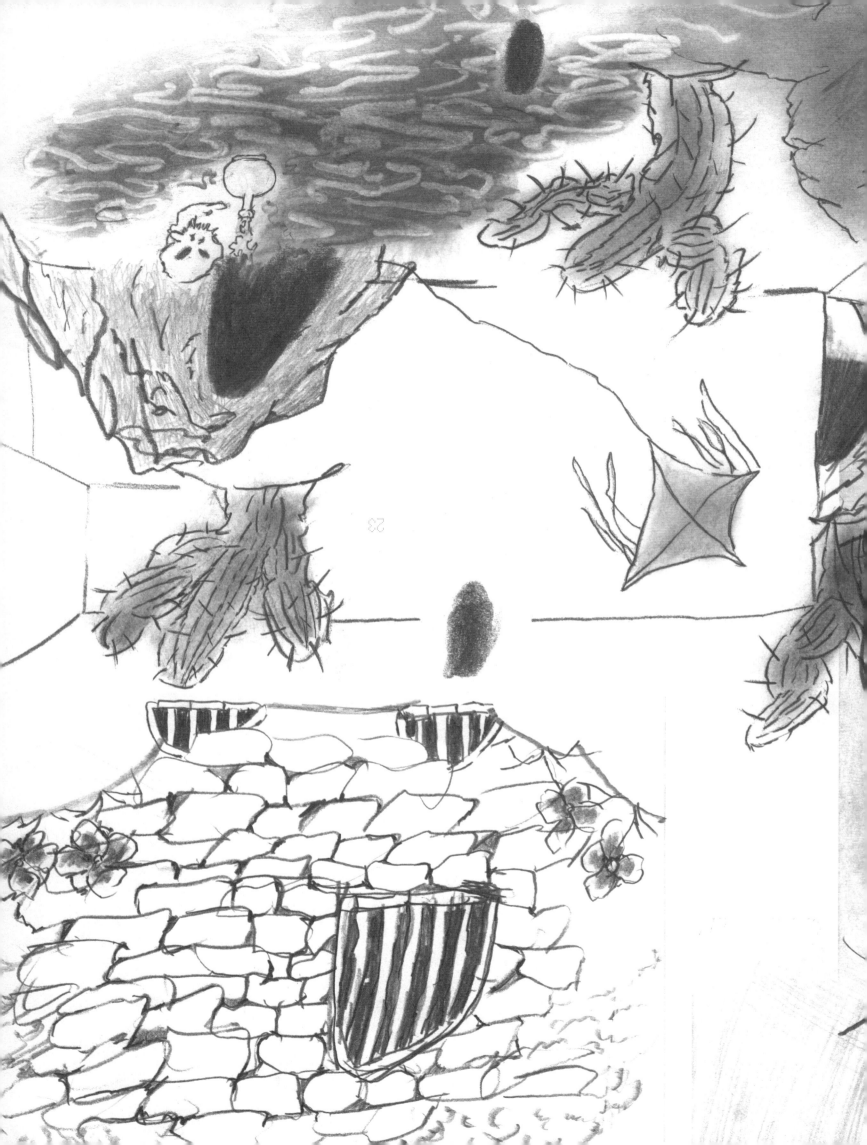

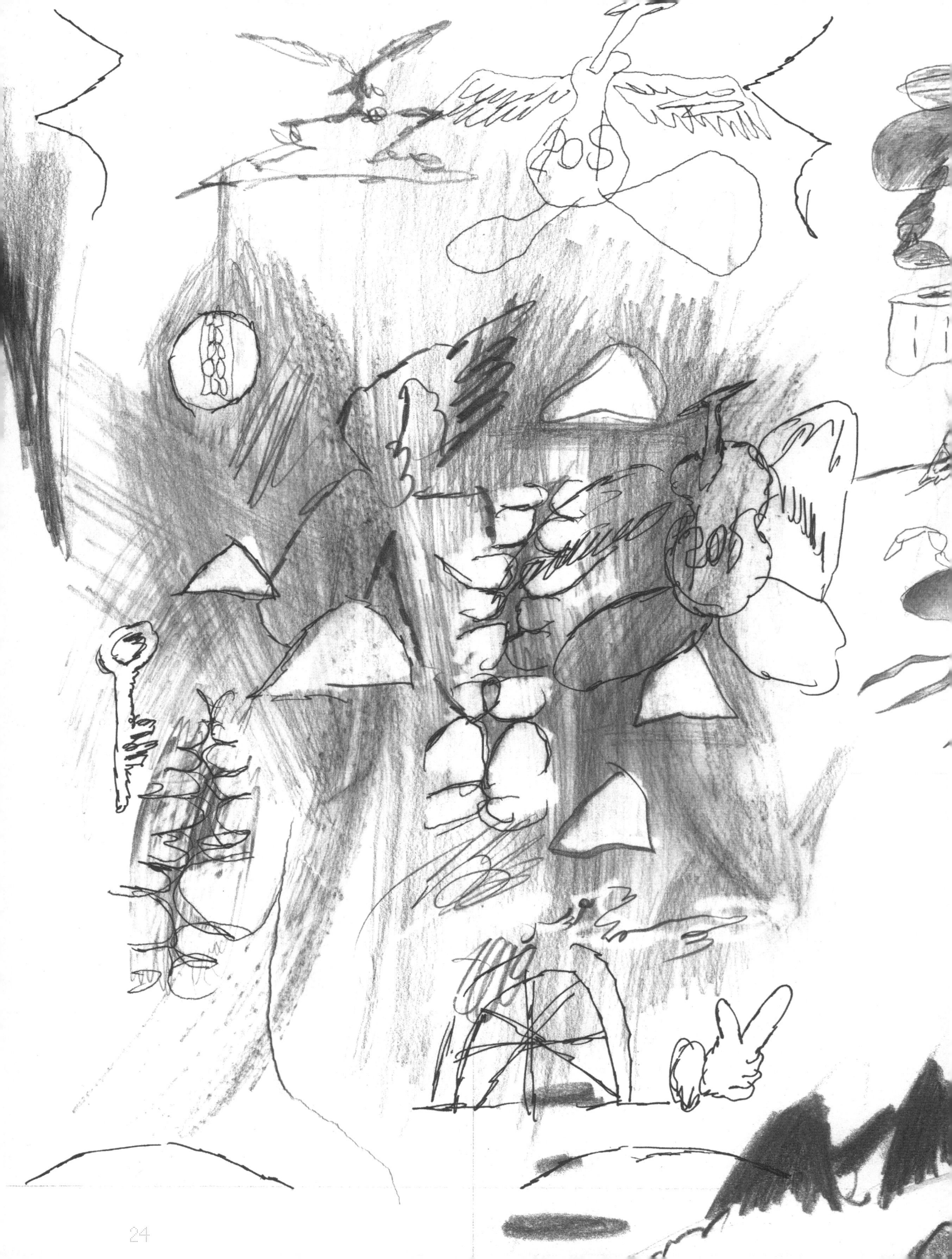

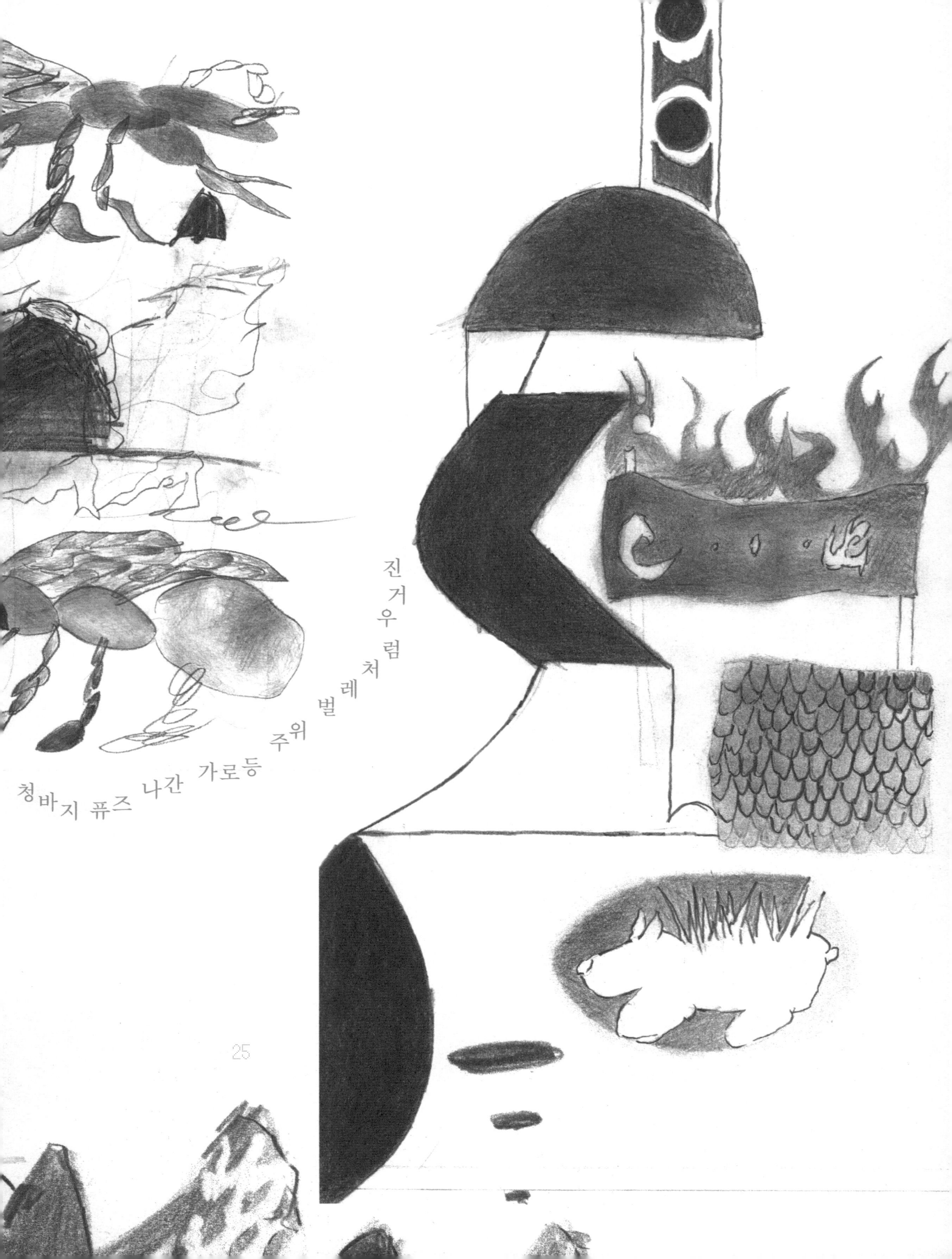

진
거
우
럼
처
벌
레

주위

청바지 퓨즈   나간   가로등

25

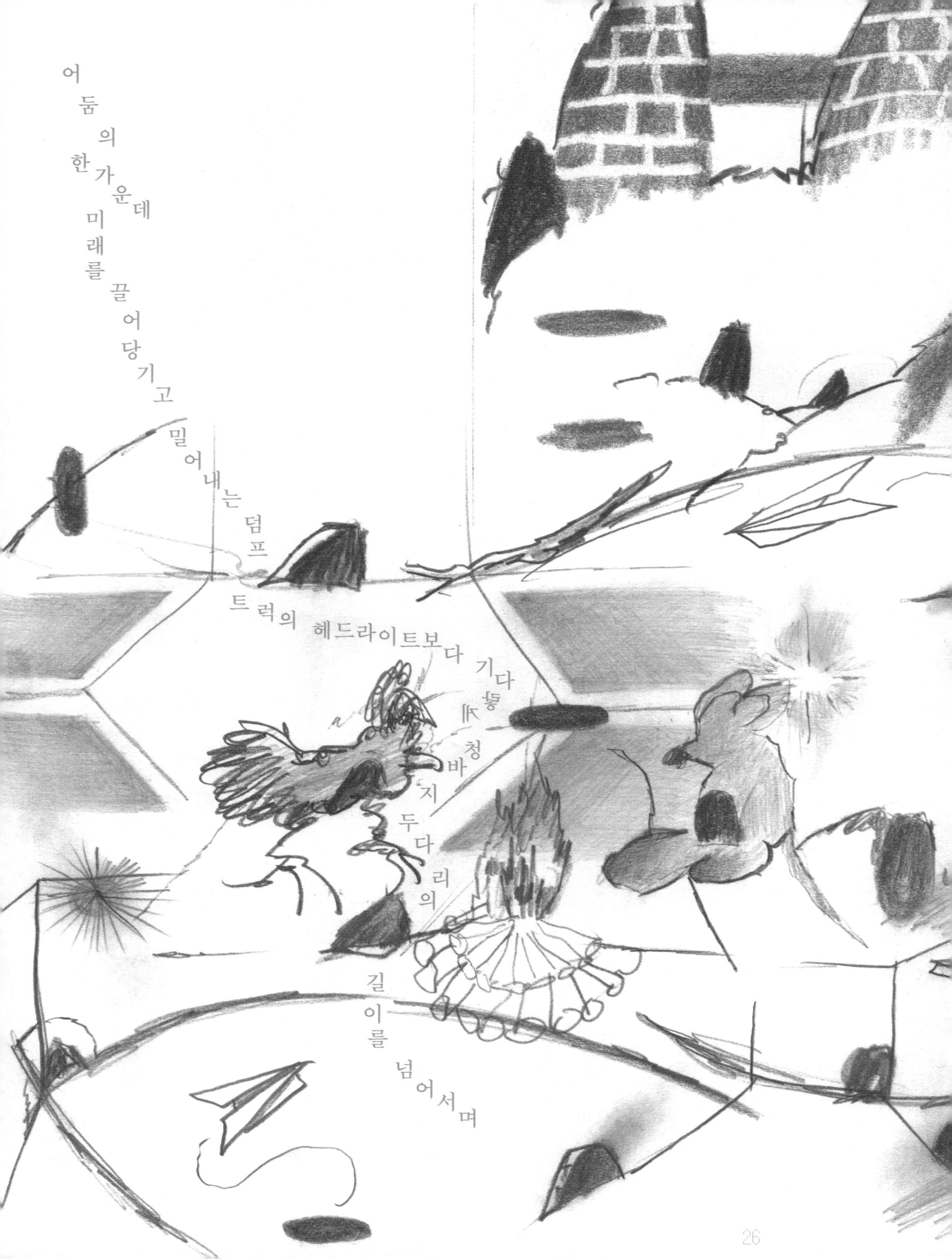

어둠의
한가운데
미래를 끌어당기고
밀어내는 덤프
트럭의 헤드라이트보다 기다
청바지 두다리의
길이를 넘어서며

26

27

눈부시게 도로에 흐르는 차 없이 차 지나가는 소리 지나가지 않는
차 안에서의 숨결 속삭임 목소리 이미 지나간 도로의 기억처럼

가드레일 안에 보이지 않게 전속력으로 오가는

구부러진

내릴수록 간선도로

빗물을 놓아

다리 위 맞서 무릎

뒤틀린 허리

28

새벽의

색채로

폭파하는

청바지

퍼져나가는

푸른색
도
로
표
지
판

뒤에서

걸어 나온

말 한 마리는

더러운 갈기 속으로

몰아쳐오는 청바지의 색채를 두 눈으로

빨아들이고 하늘
에서
사라진
별들의

내부와 이어진
깊고
까만
두
눈
속
으로

찢어
져

사
그
라지는 빛줄기 유성처럼 간선도로에
들어선

말 위에 타있는

왕자 발가벗은 몸으로

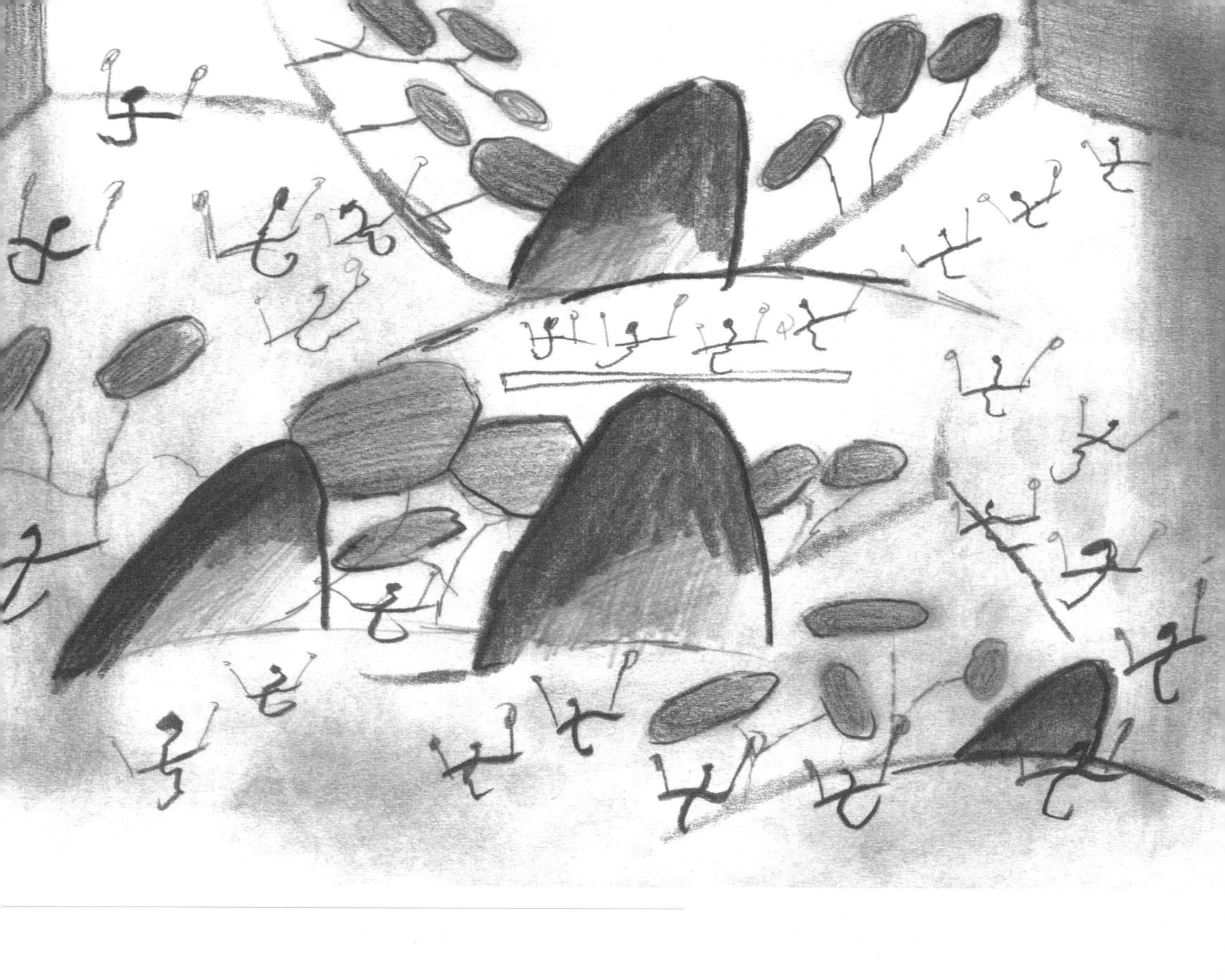

뒤돌아보는 대신 말의 걸음마다 말의 흔들림

위에서 공간을 미끄러뜨리듯

홀로

입지

않으며

어둠을

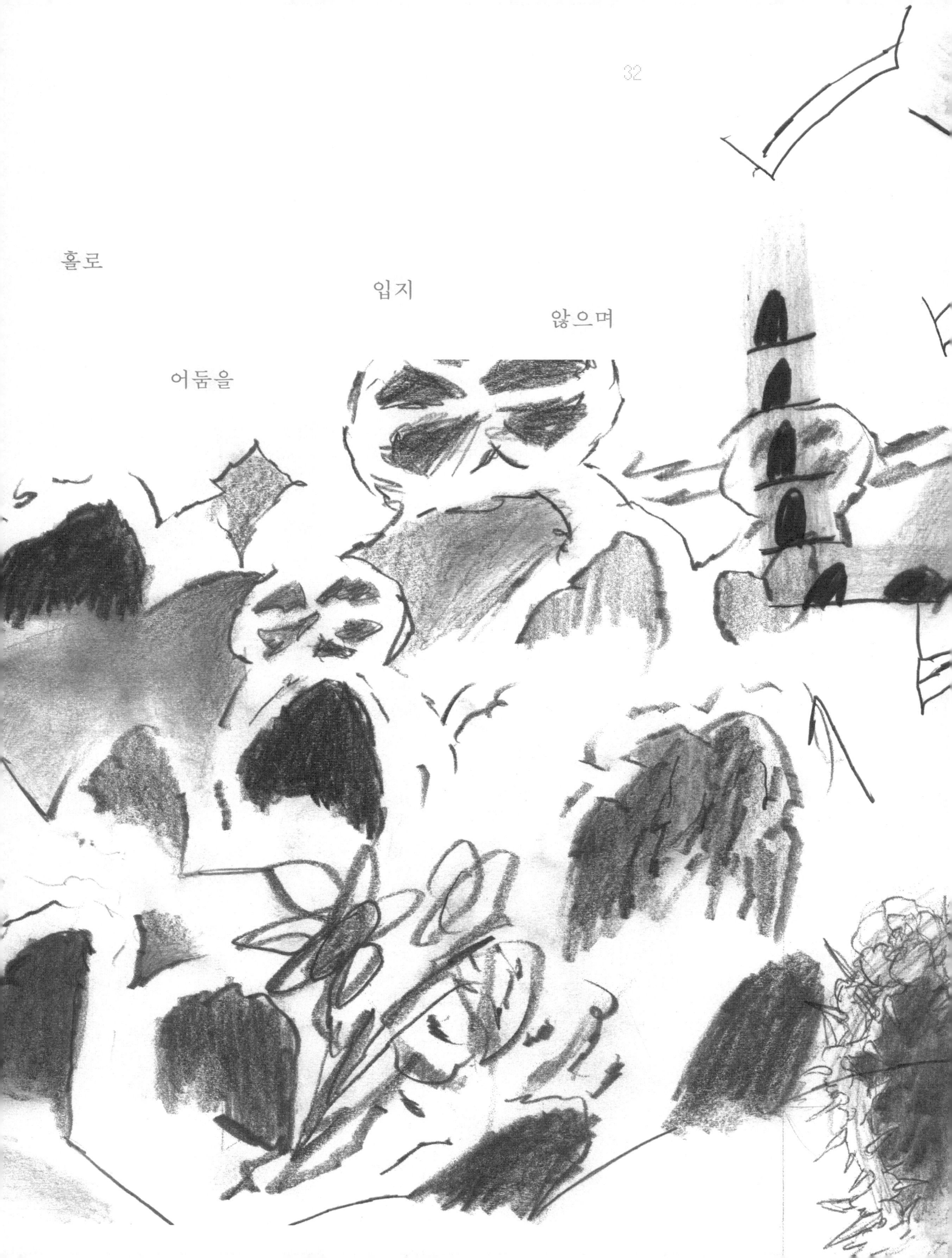

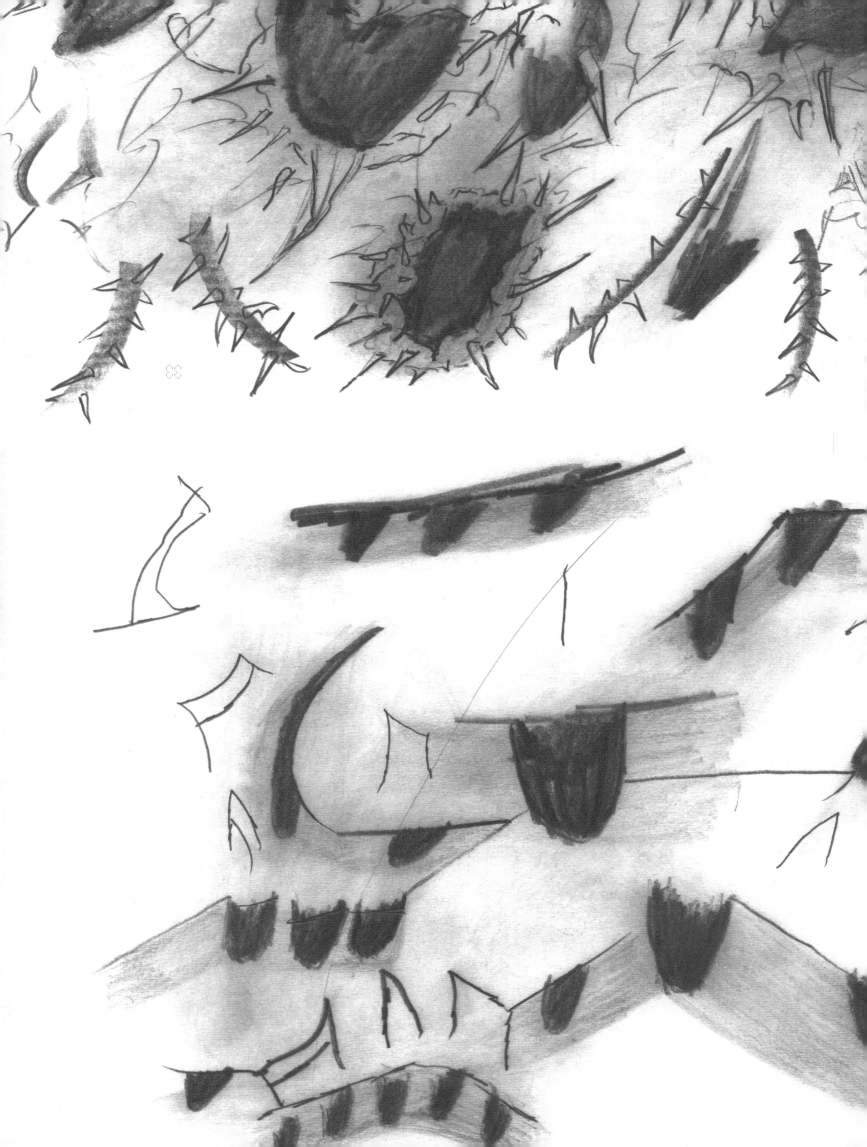

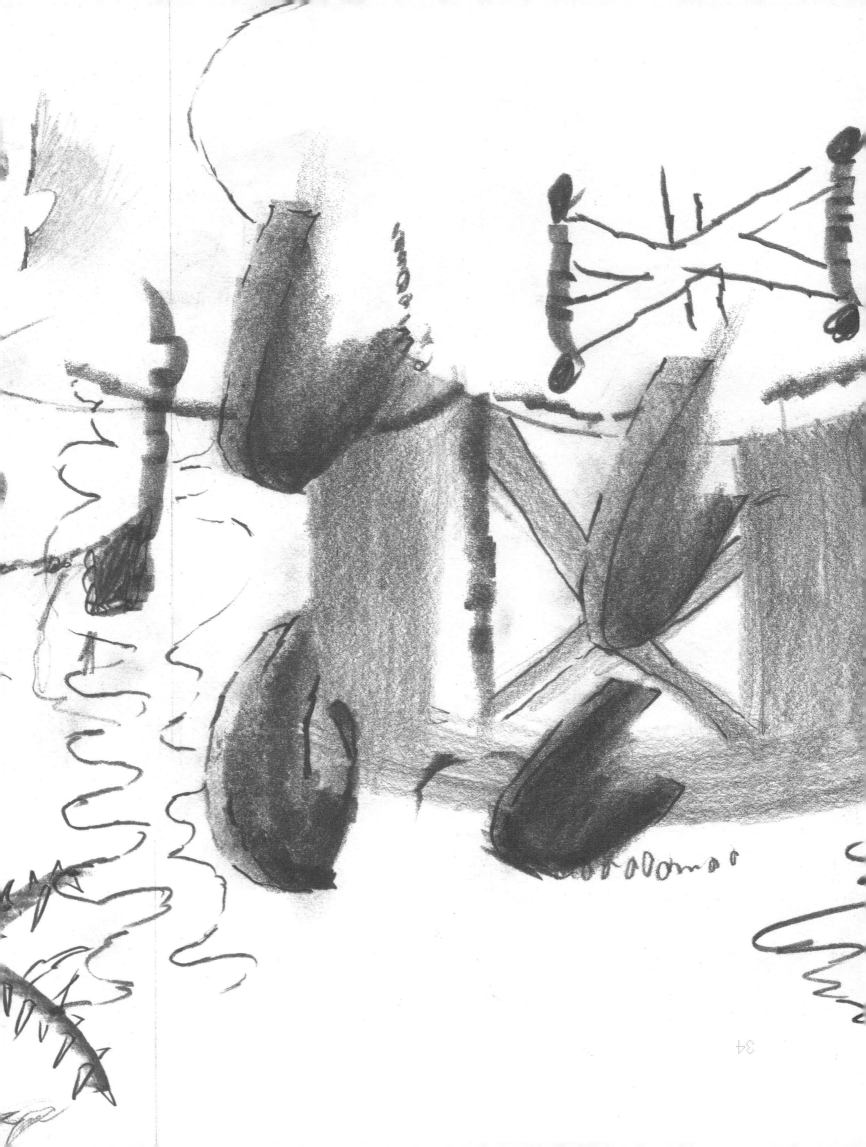

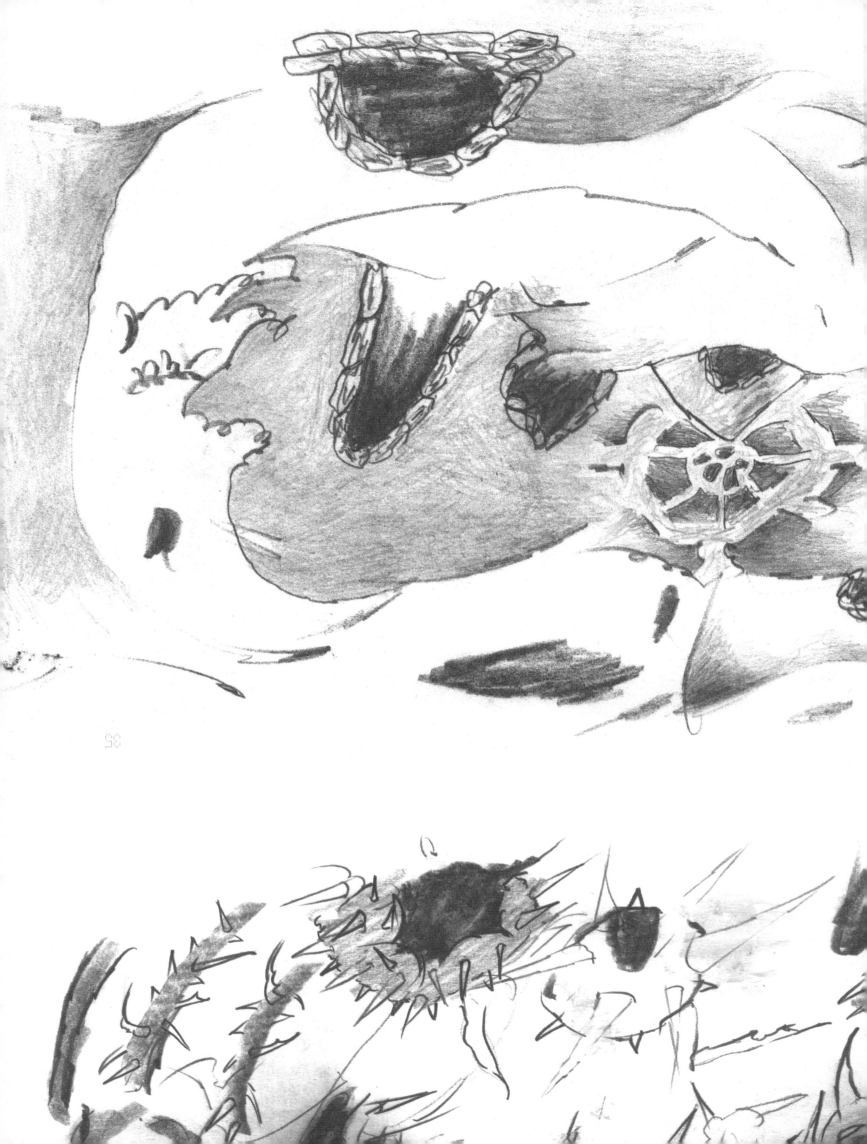

살색으로 간선도로를 가로지르는 알몸 가느다래 길고

긴 머리칼 수많은 빛깔 그리고 다섯 개의 말발굽

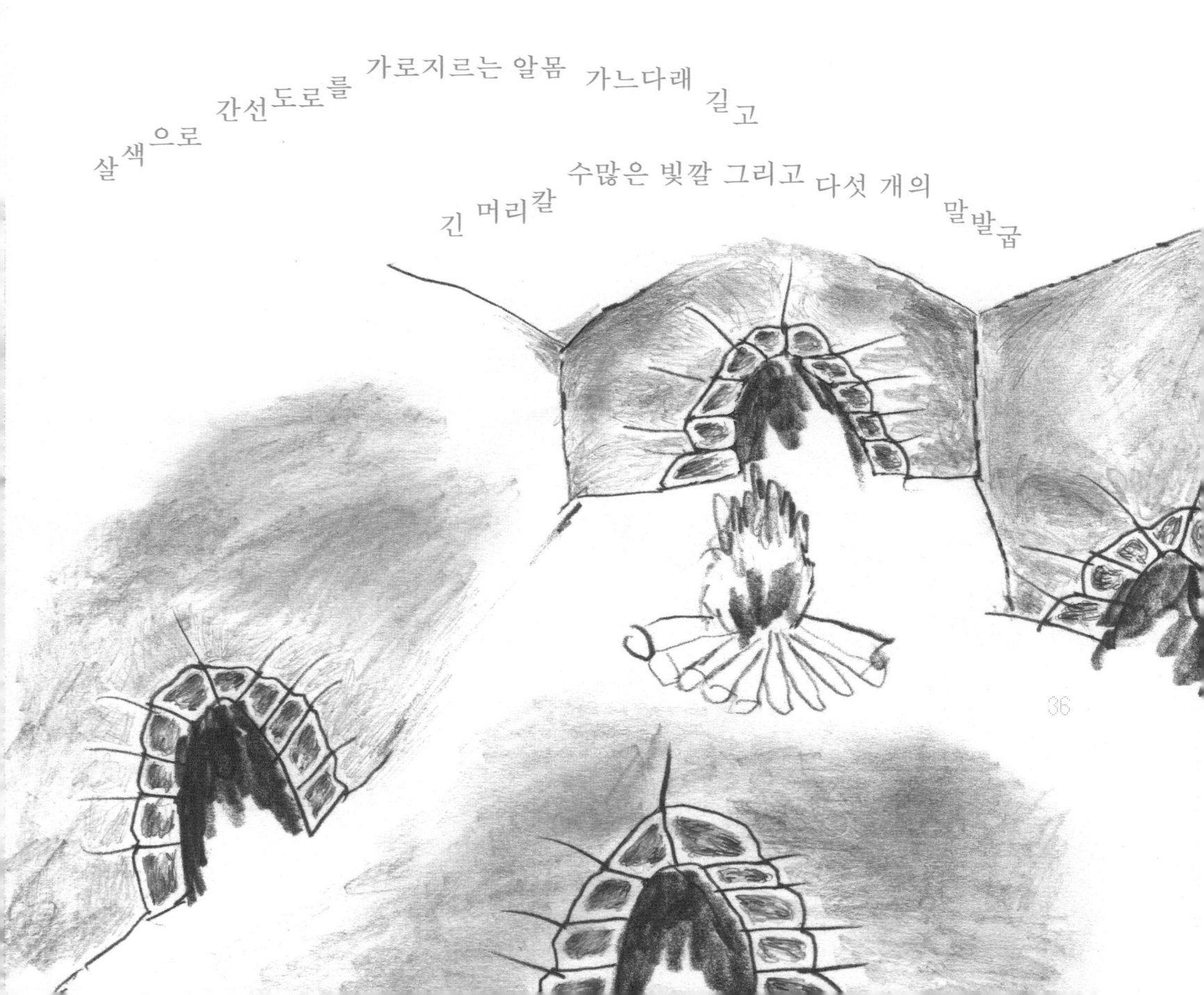

36

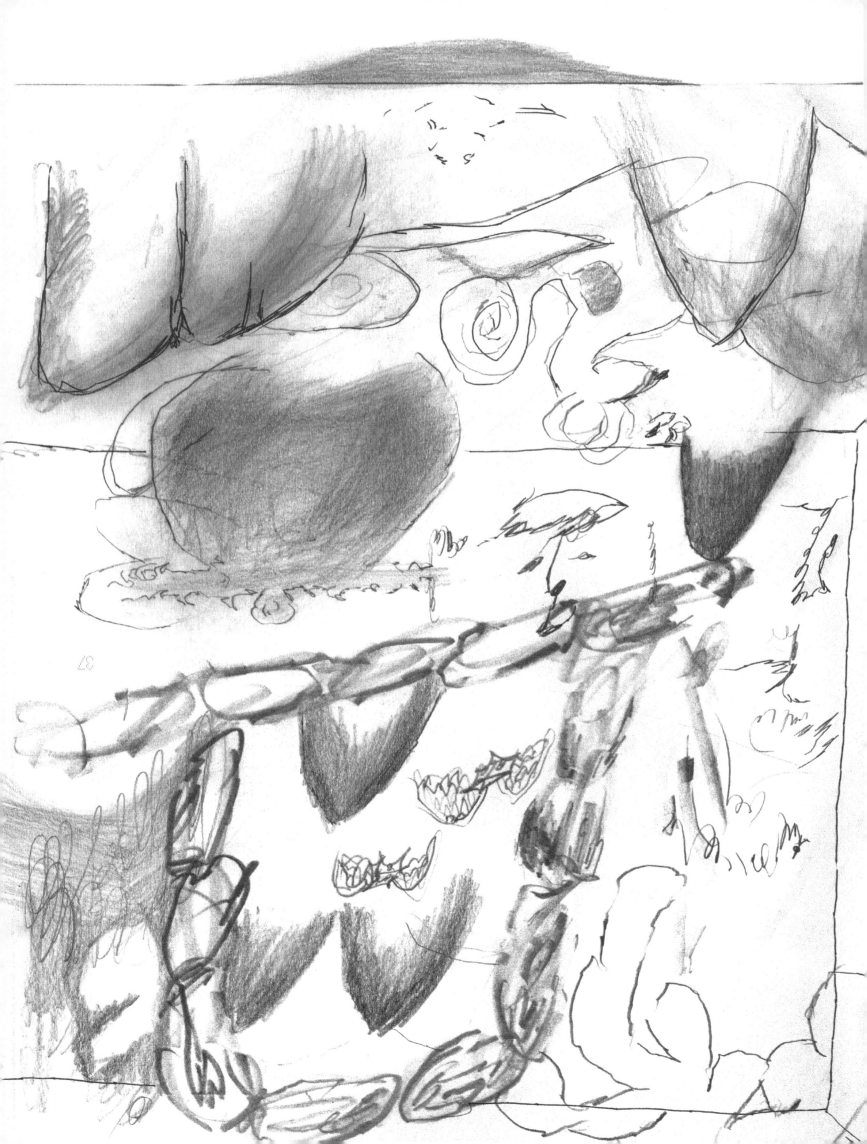

조개

껍데기 모 파라솔이 틀 켜들고 철수들이 웅성대며 끝이 보여도 아이들은

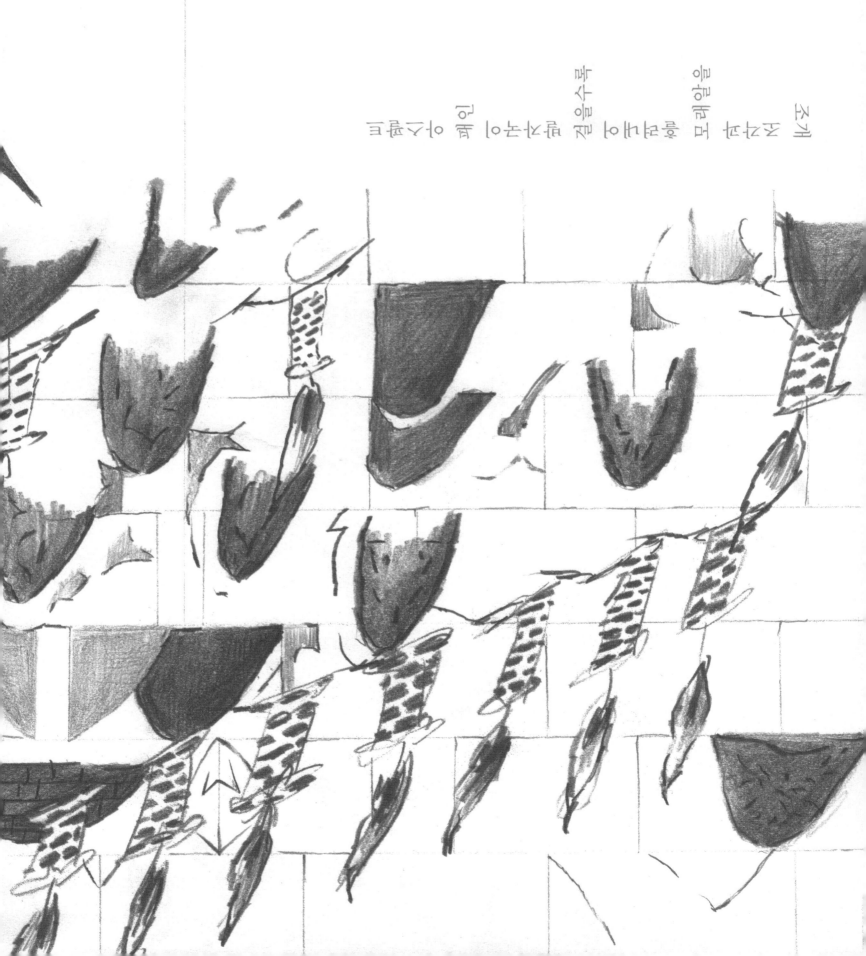

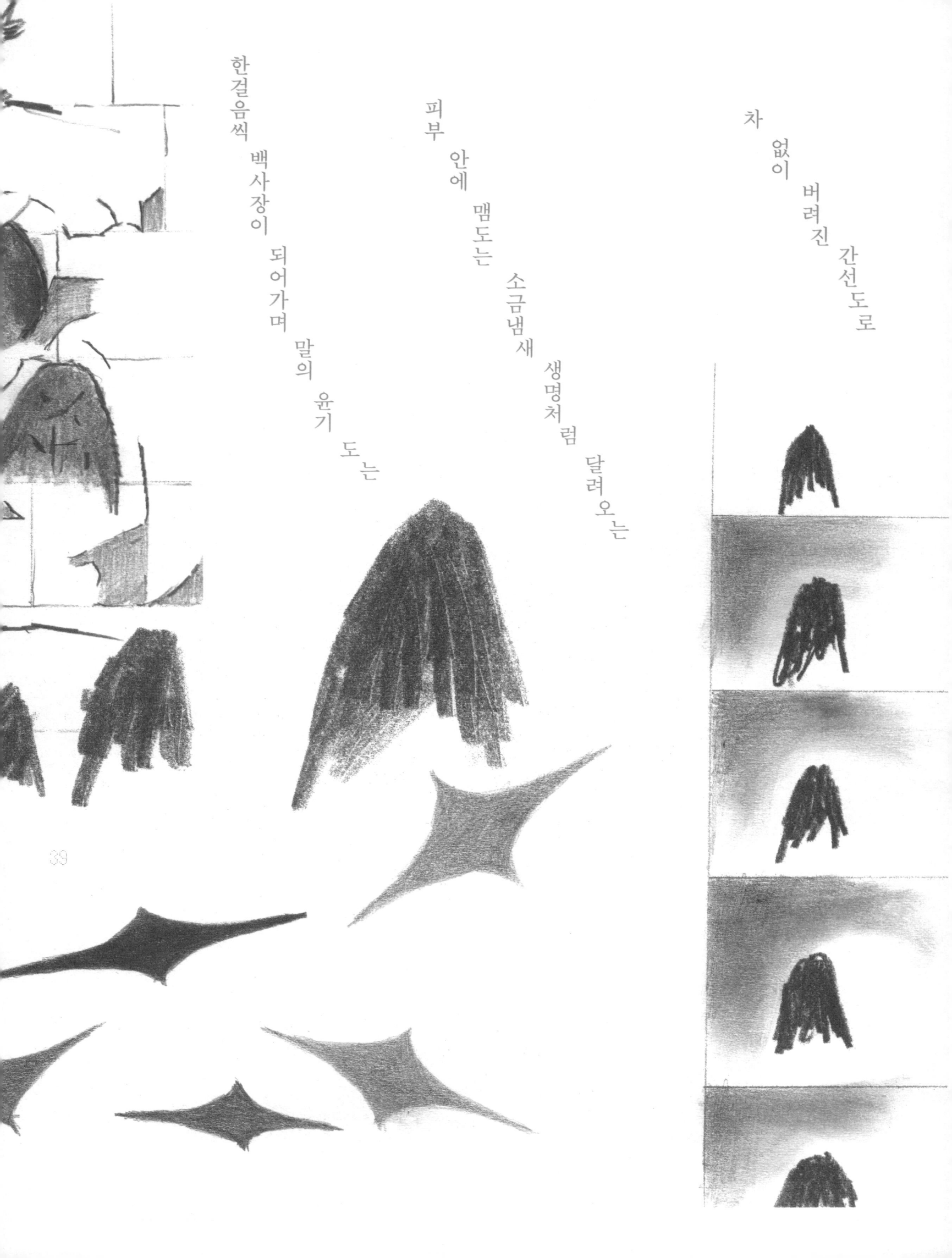

한걸음씩 백사장이 되어가며 말의 윤기 도는

피부 안에 맴도는 소금냄새 생명처럼 달려오는

차 없이 버려진 간선도로

39

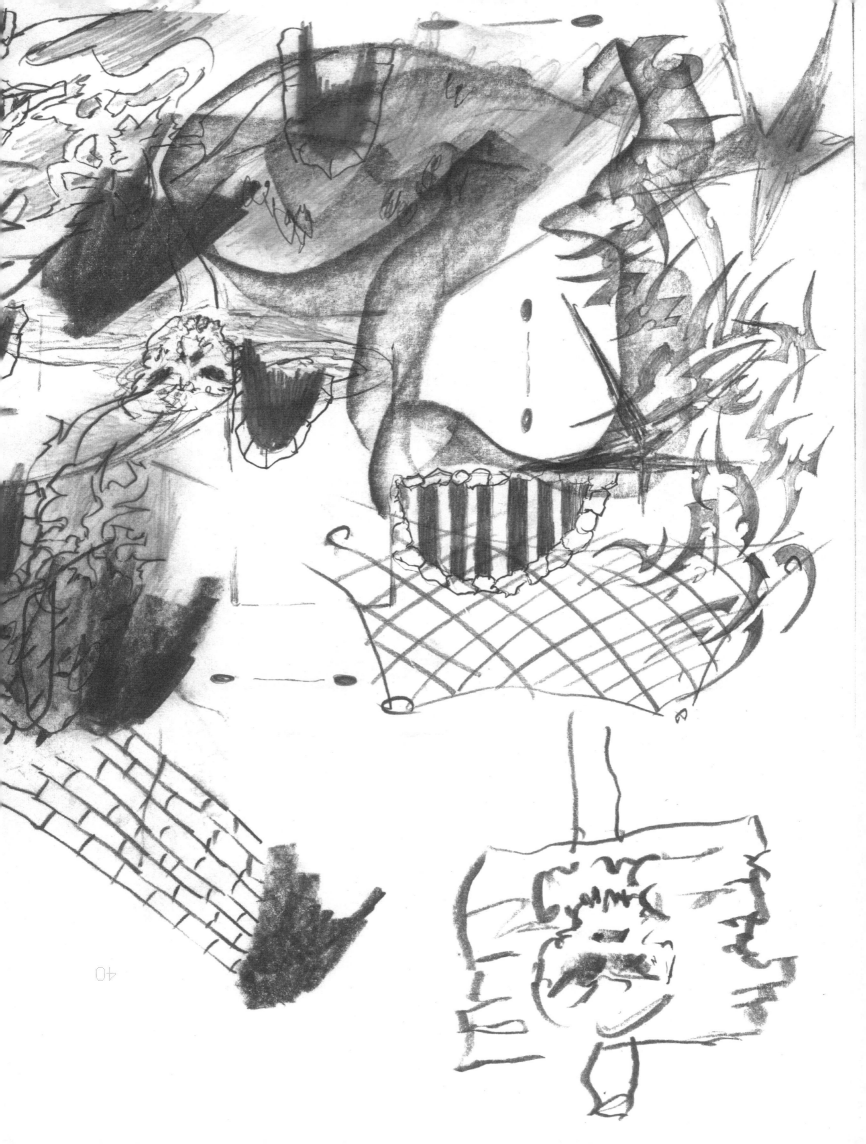

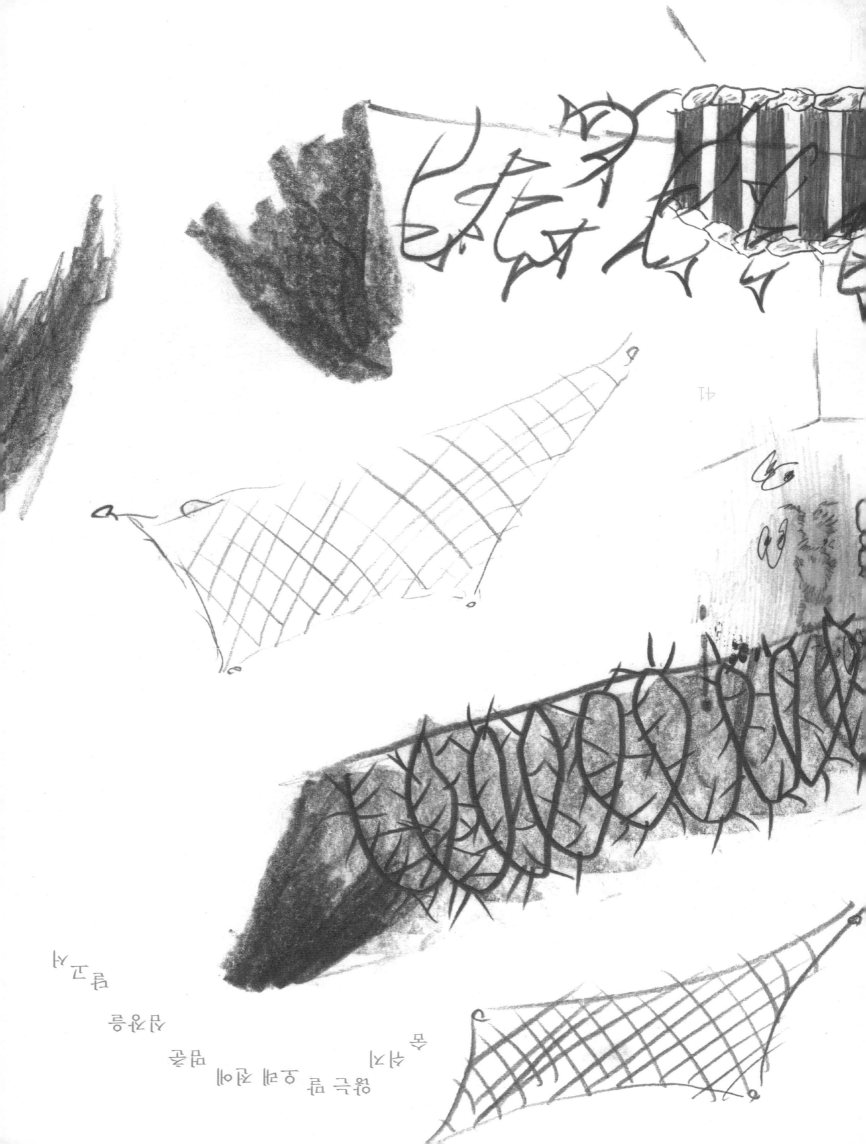

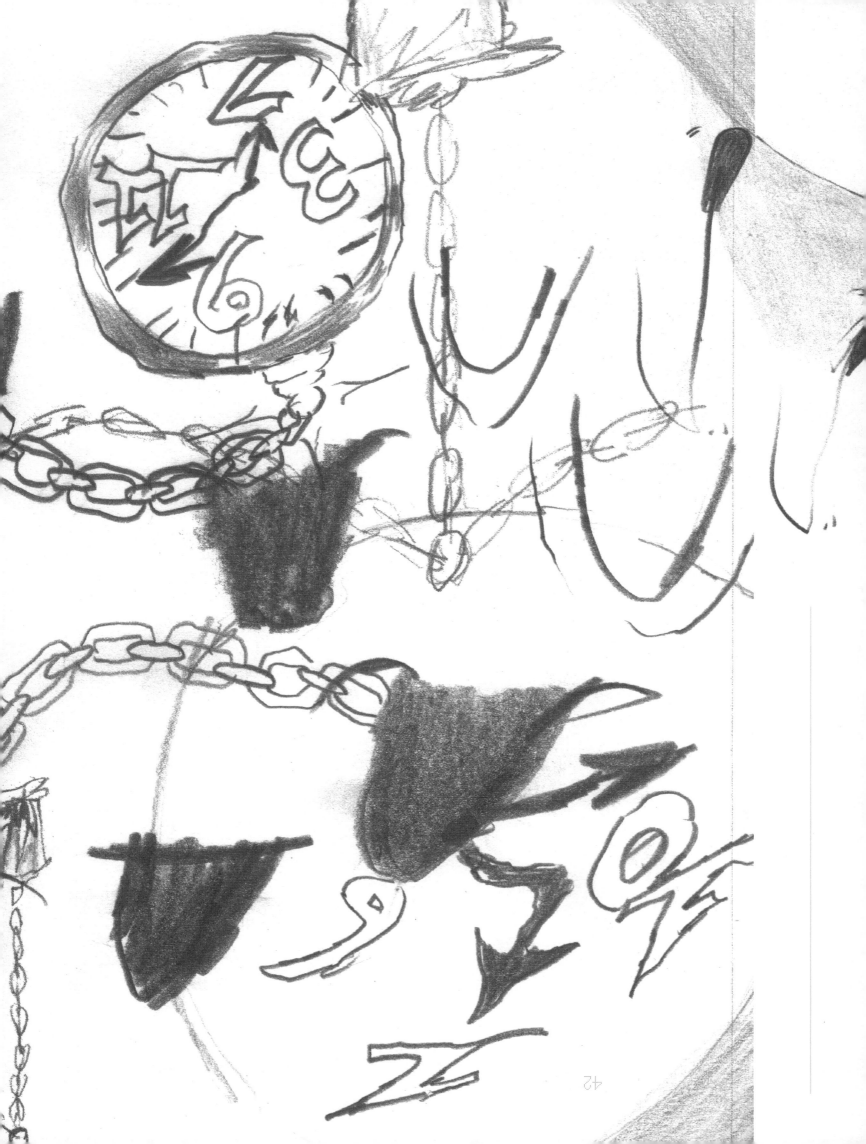

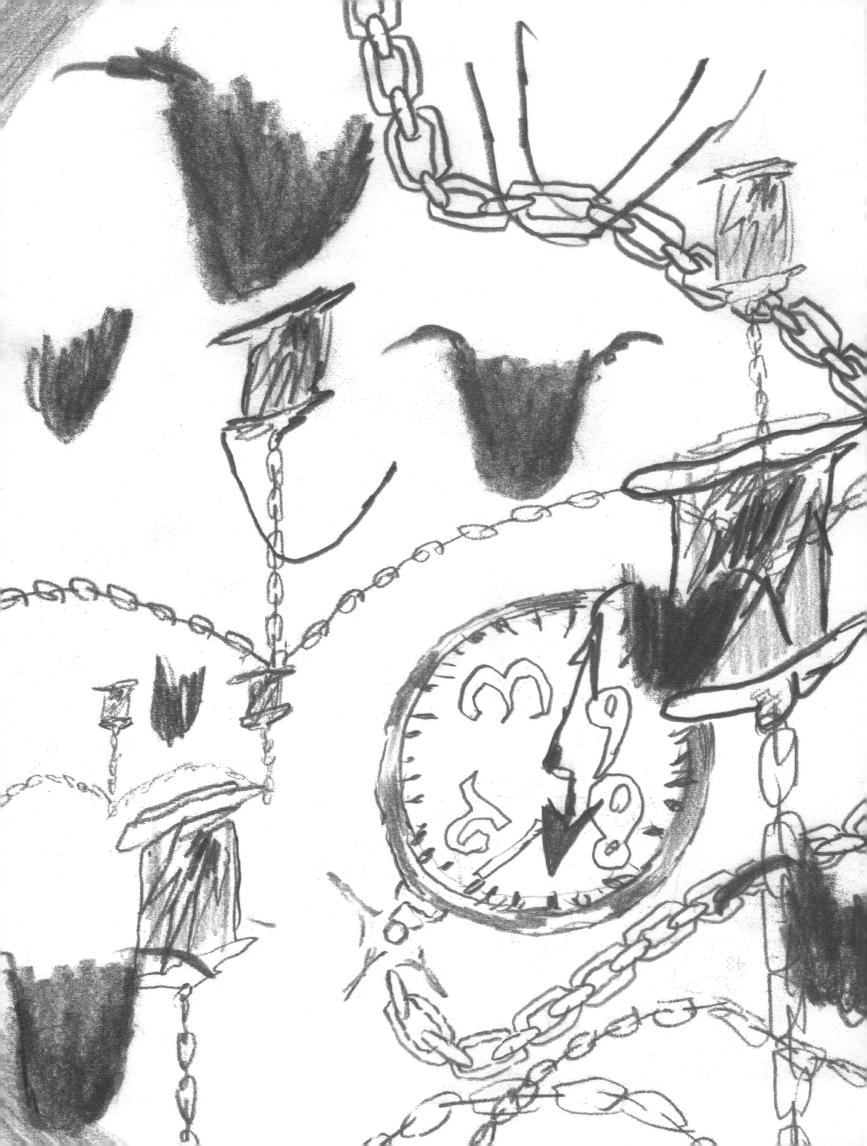

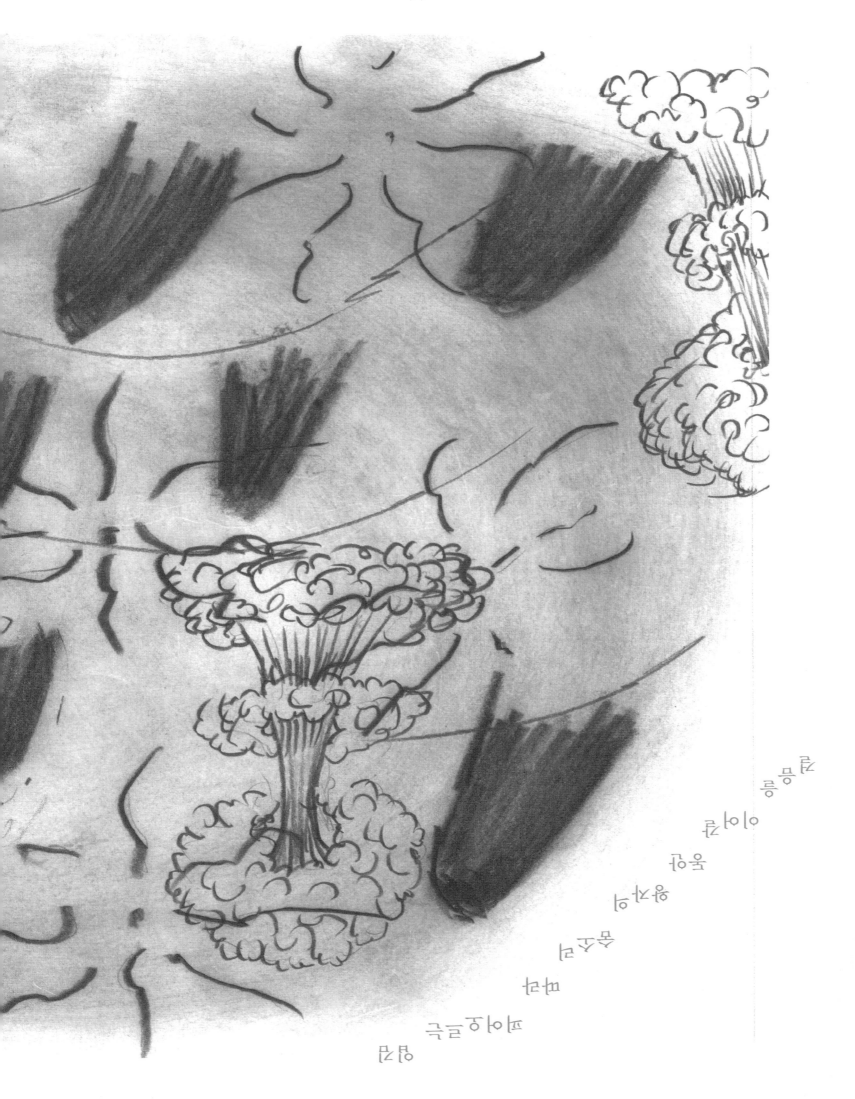

허공을
물결치며
다 녹아내린 청바지
물에 잠겨 고여
가고

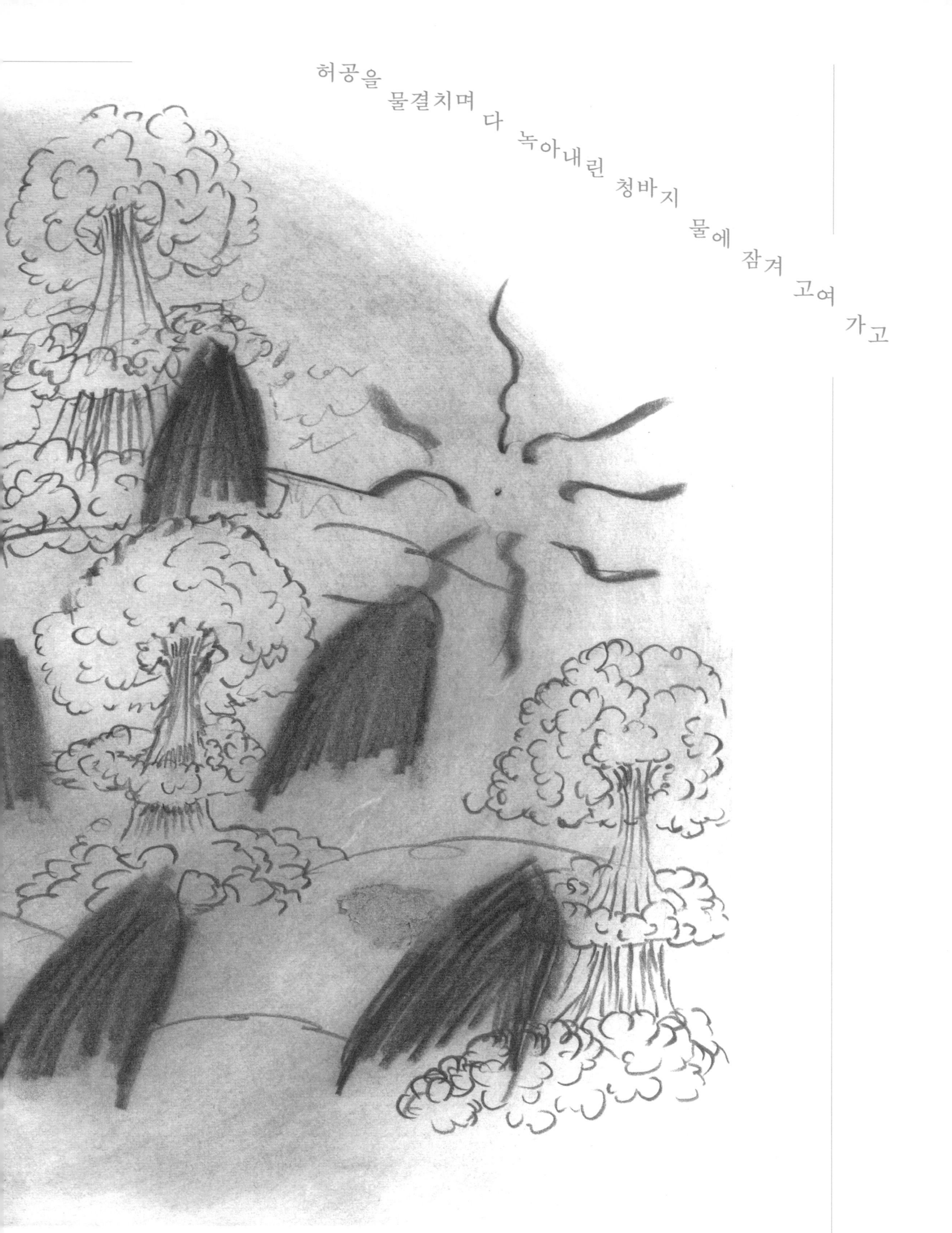

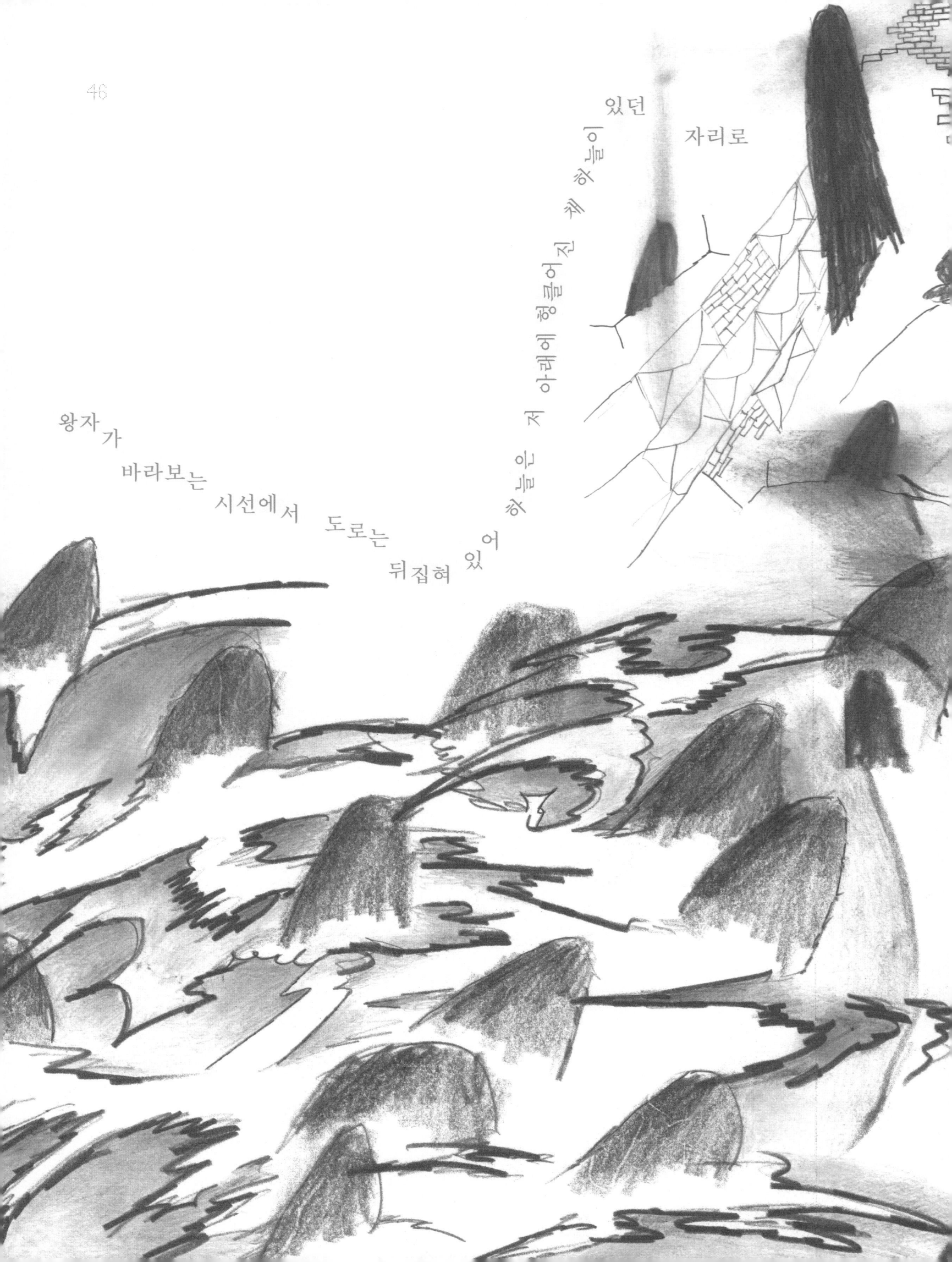

46

있던 자리로

왕자가
바라보는
시선에서 도로는
뒤집혀 있어

지 아래에 형물어진

메워진 도로를 뚝 떼어 걸 매달려

나가는 말과 남자 머리 위저 아래로 쏟아져 내리는 모래 알바다가 되어 흐르는 청바지의 파도

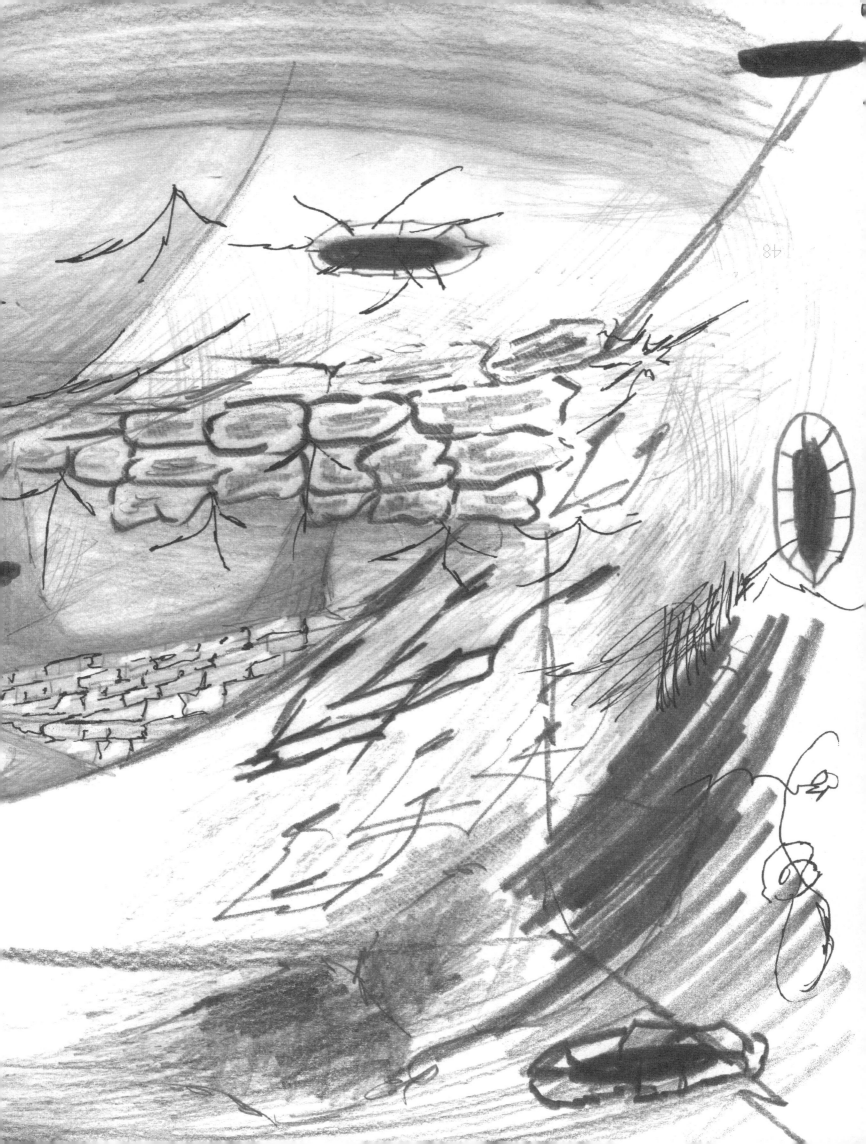

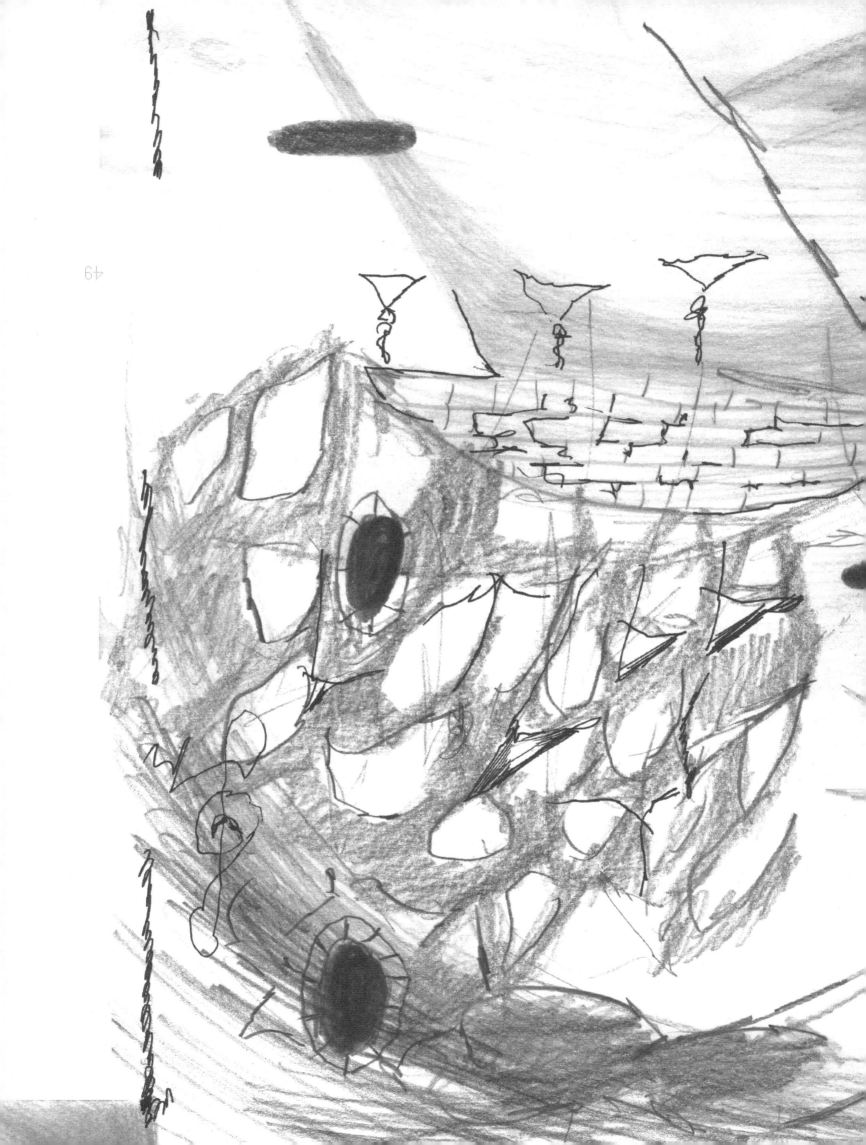

왕자가 궁전에 이르니 발가벗은 신하들이 매화꽃을
들고 왕자를 맞이했다. 비단이 깔린 계단을 오른 왕자가
왕좌에 앉자, 왕자가 타고 온 말이 사람이 되어 왕자의
발아래 무릎을 포개 옆으로 누워 잠에 들었다. 왕자는
보고 온 것들에 대해 이야기했다. 왕자의 말이 어찌나
강한지 왕자가 비에 대해 이야기하면 궁전 안에 비가
내려 발가벗은 신하들이 머리부터 발끝까지 젖어들고,
매화꽃이 빗물에 휩싸여 바닥에 잉어와 함께 흘렀다.
왕자가 폭풍에 대해 이야기하면 궁전 안에 폭풍이 불어
몇몇 신하들이 궁전 밖으로 날아가고, 함박눈에 대해
이야기하자 몇몇 신하들은 제자리에서 눈사람이 되어
얼어 죽었다. 말로 변신했던 남자는 여전히 새근새근
잠에 들어있었다. 왕자는 계속 이야기를 이어나갔다.
왕자가 햇빛에 대해 이야기하니 얼어 죽었던 신하들이
깨어나고 가지만 남은 매화꽃이 다시 피어나 궁전 안에
서른 그루의 매화나무가 자라났다. 왕자는 이제 왕자의
눈 속으로 들어온 장면들을 그대로 궁전에 펼쳐놓았다.
왕자가 비행기에 대해 이야기하면 뭉게구름이 나타나고
무지개 사이로 비행기가 지나갔다. 신하들의 검은
눈동자 속에서 기다란 손가락들이 빠져나와 왕자가 본
비행기를 붙잡으려 했다. 궁전에 고속도로가 나타나고

여자가 운전하는 오토바이 한 대가 밤의 고속도로를
달리고 있었다. 뒷좌석에 앉은 남자가 운전하는 여자의
허리춤을 껴안고 두 눈을 감고 있었다. 몇몇 신하들은 그
장면의 외로움에 가슴이 터져 죽었다. 궁전에 천 마리의
새 떼가 날아다니자 빌딩 옥상에서 누군가 뛰어내리려
하고 있었다. 신하들의 눈동자 속에서 빠져나온 수많은
손가락들이 뛰어내리려는 자를 붙잡으려 했지만 붙잡히지
않았다. 궁전에 커다란 묘지가 나타나고 수많은 검은색의
묘비들이 구멍처럼 서있었다. 용기가 많은 한 명의 신하가
감히 몸을 움직여 검은색의 묘비에 손을 대었다. 검은색
묘비를 뚫고 나온 손이 시원한 바닷바람이 불어오는
해변에 닿자, 신하는 묘비 안으로 걸어 들어가 해변으로
빠져나왔다. 바다가 핏물로 흐르는 새빨간 해변 가득히
물고기들이 다른 신하들의 시체와 함께 쌓여있었다.
피 흐르는 시체들로 둘러싸인 거대한 황금빛 종탑
꼭대기에서 시계가 거꾸로 돌아가고 있었다. 겁에 질린
신하가 다시 검은 묘비를 빠져나와 궁전으로 돌아왔을 때,
다른 신하들 또한 발가벗은 채 벌벌 떨고 있었고 왕자는
이미 왕좌에서 일어나, 왕자가 사랑하는 남자와 함께
침실에 이르렀다.

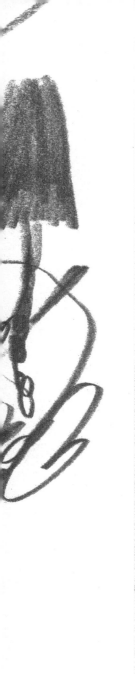

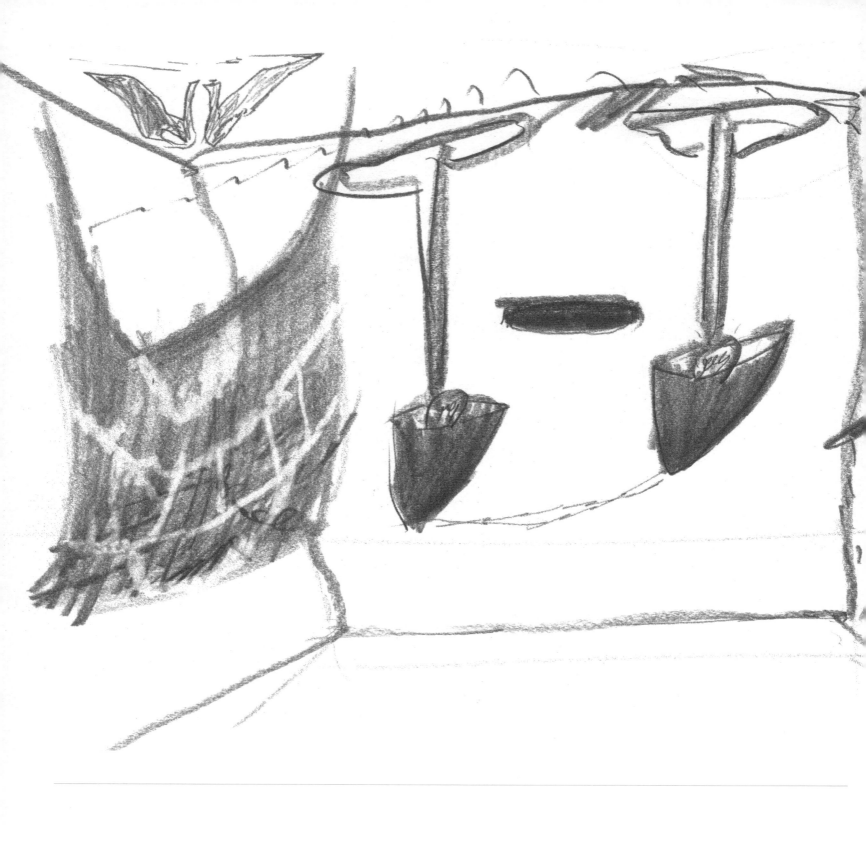

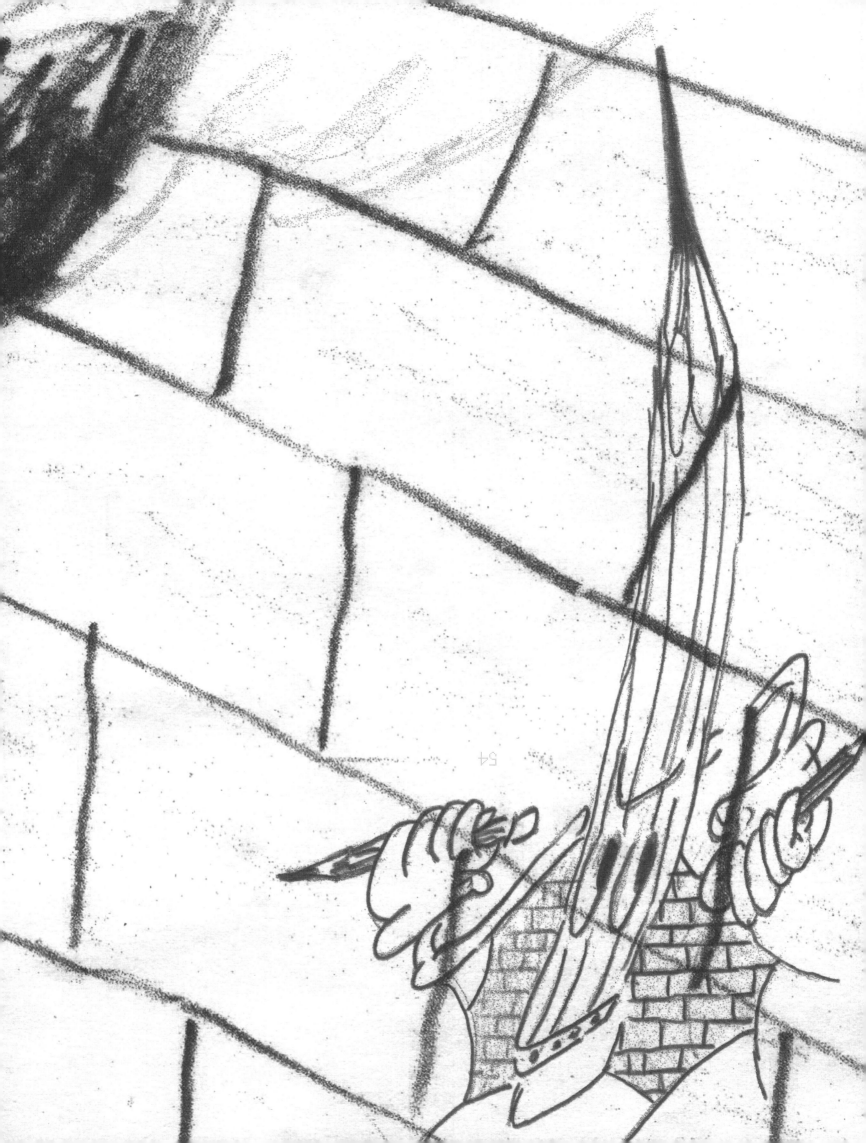

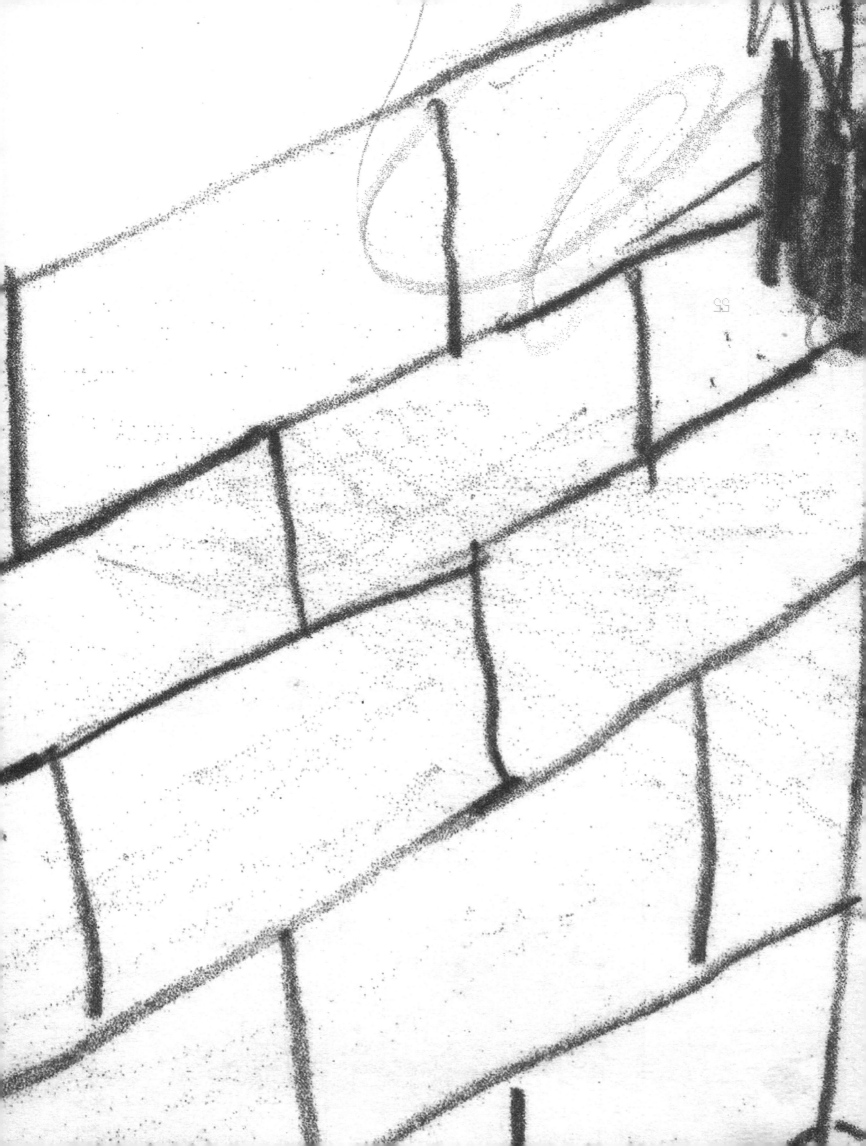

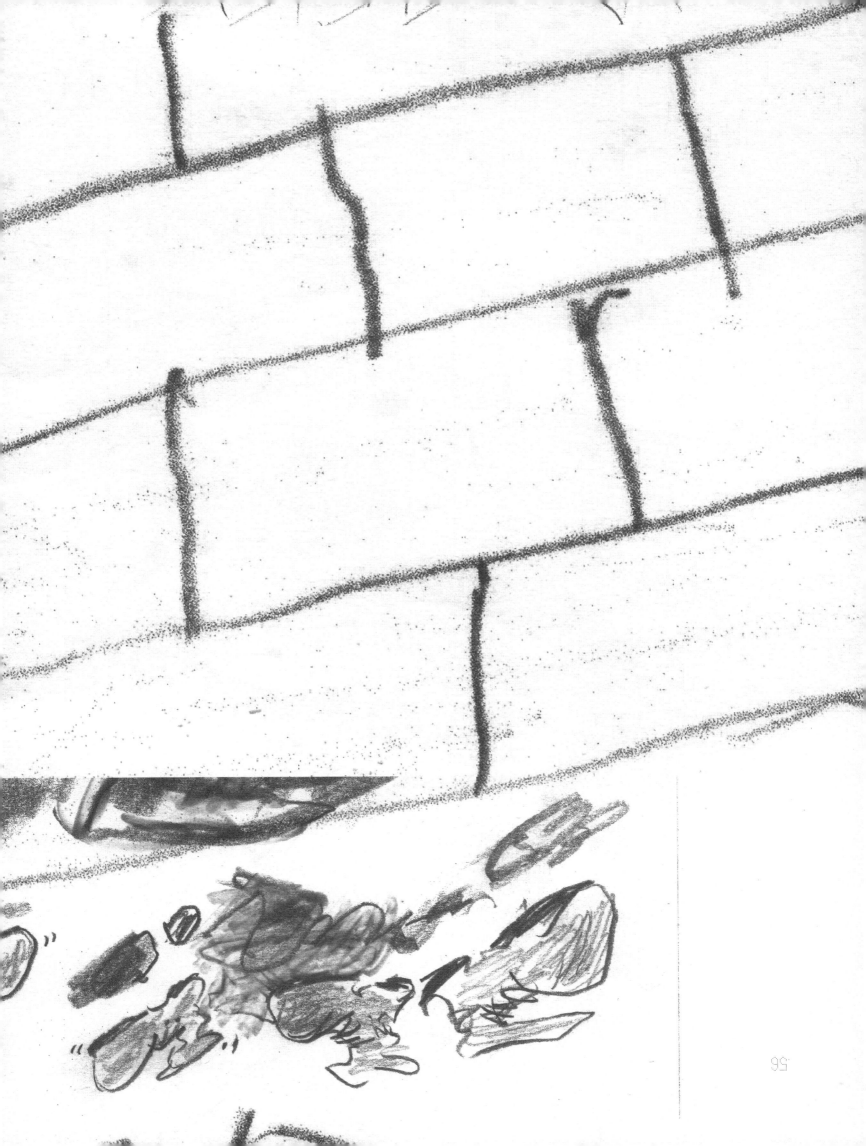

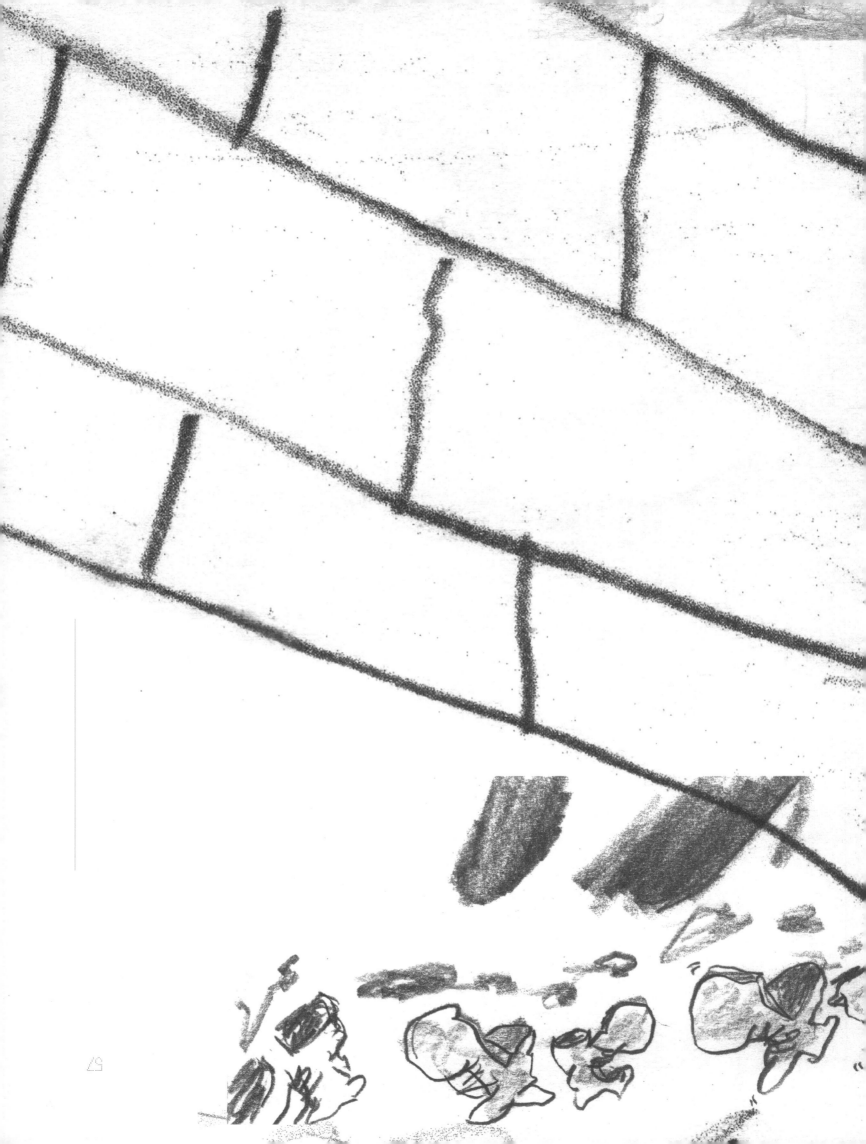

이 만개의 구멍들 모래알 속에서 검은 개미

래모
알 틈의검은 구멍

사
이
로
어둠
아
래
로

걸어가 며 만들어내는

길 따라

개미 뒤

뒤 미개

들부쁘 의미개

줄지어 이어지는 개미의 검은
더듬이들 날카로운 어둠
파헤치며 오늘을 이어내고 오늘
바깥의 소리로

이백 개

지금 아파트 창문

59

60

베란다　커튼　세탁물　이천 개의　　나뭇잎들　사이 흔들리는 그늘 나뭇잎이

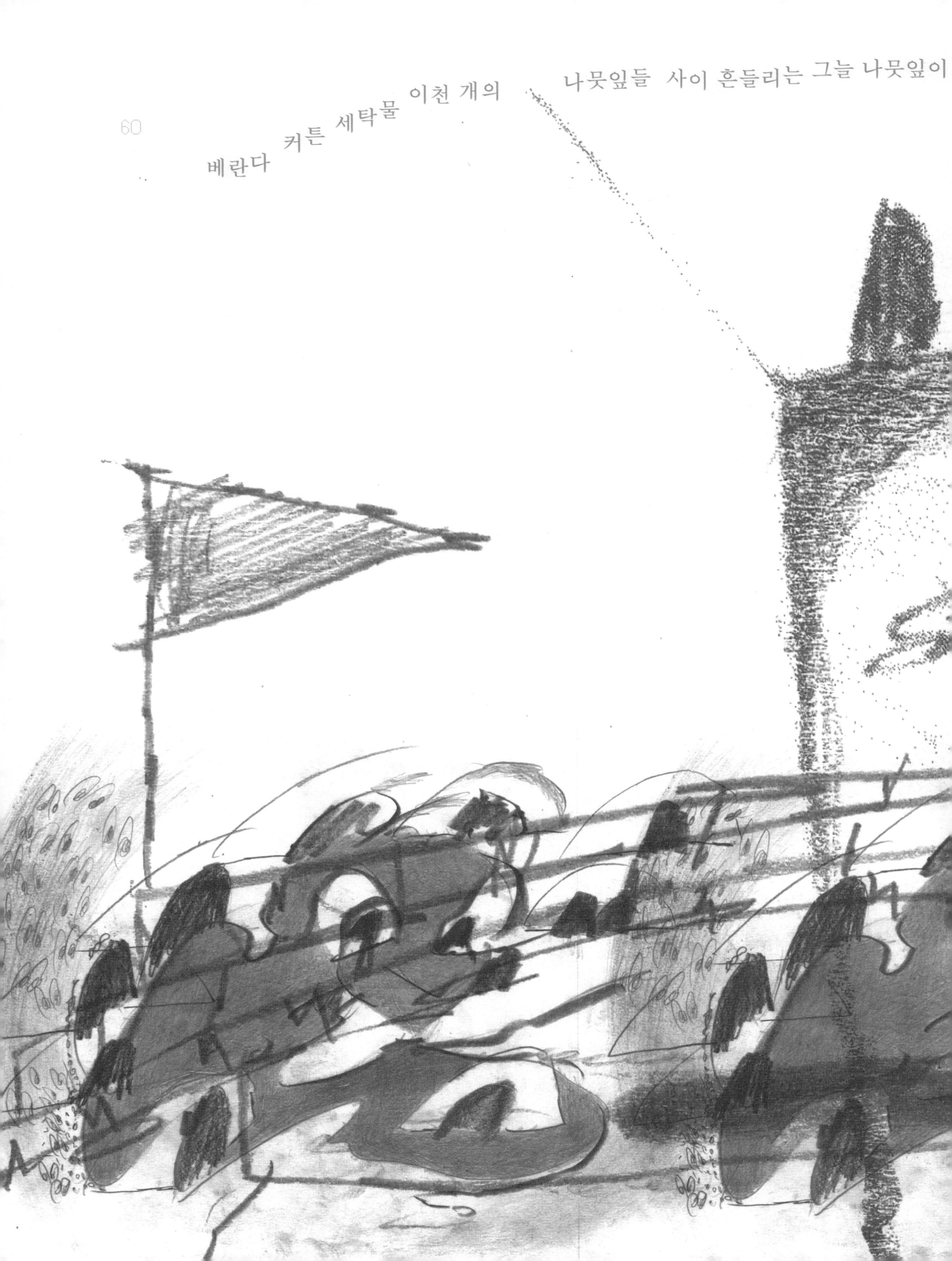

오려놓은 모양으로 놀이터 안에 17층 베란다 창살에서부터 미끄러지는 햇볕

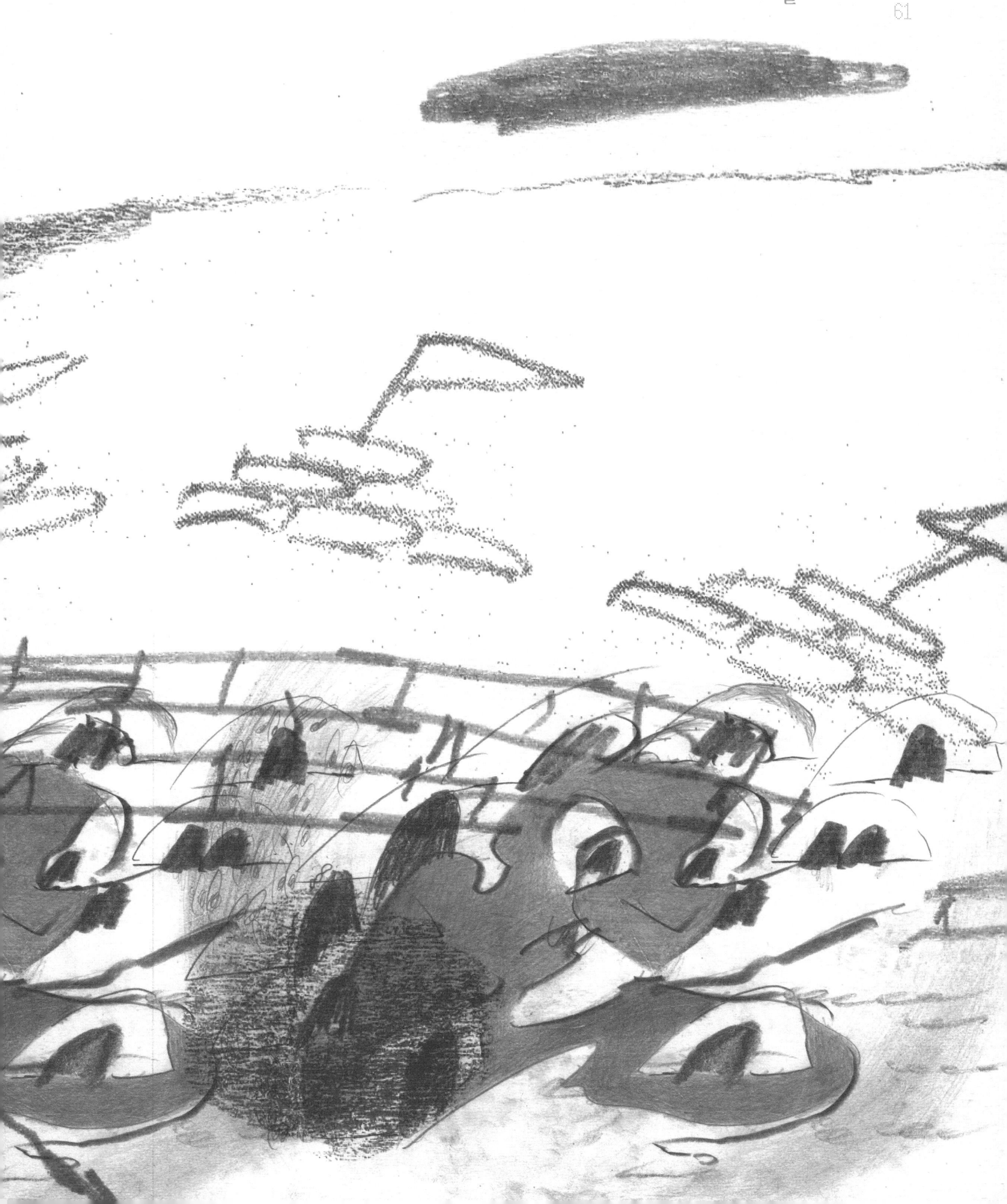

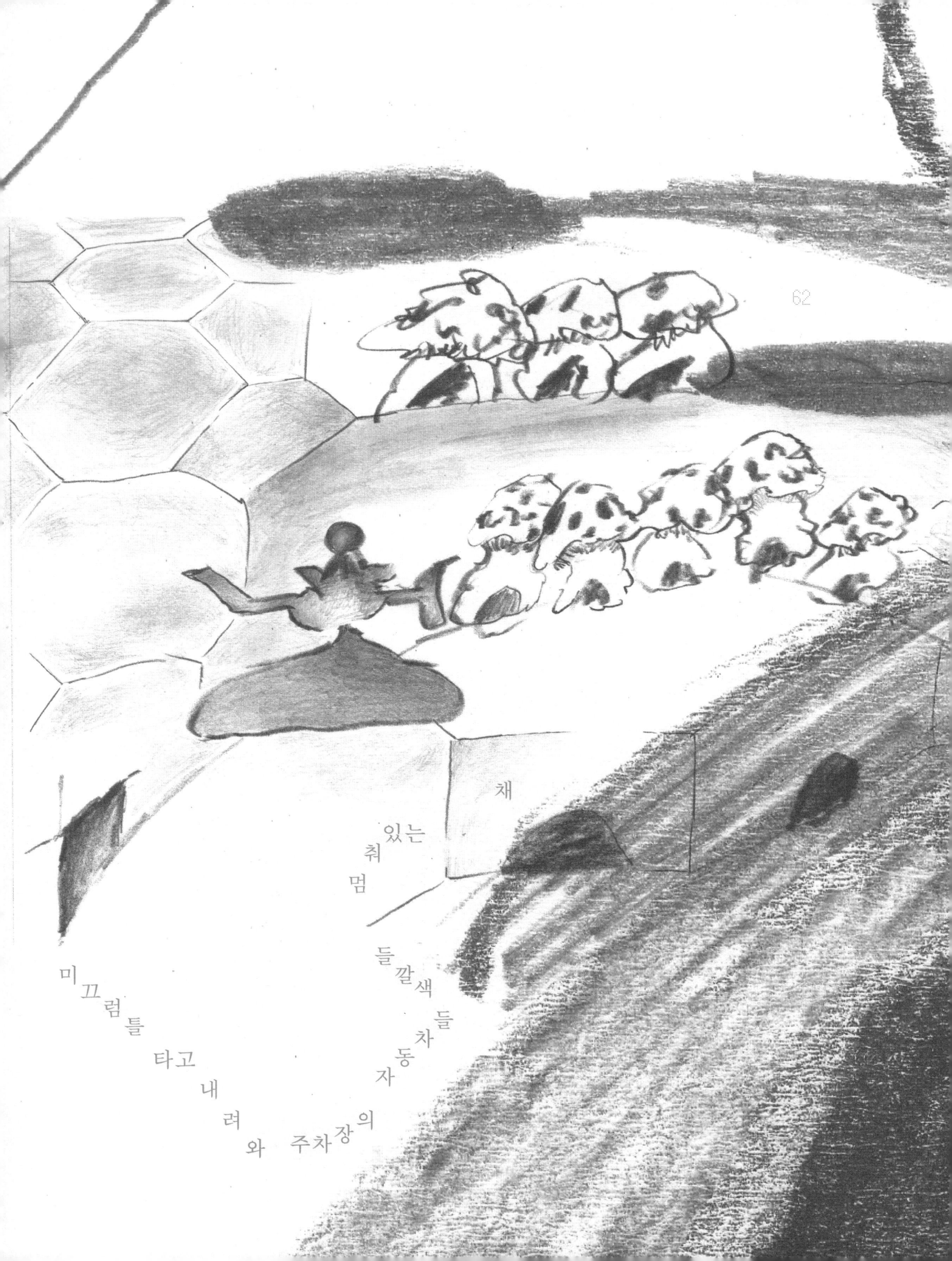

채

있는

춰

멈

들깔색들차

미   동

끄럼틀   자

타고   의

내   주차장

려

와

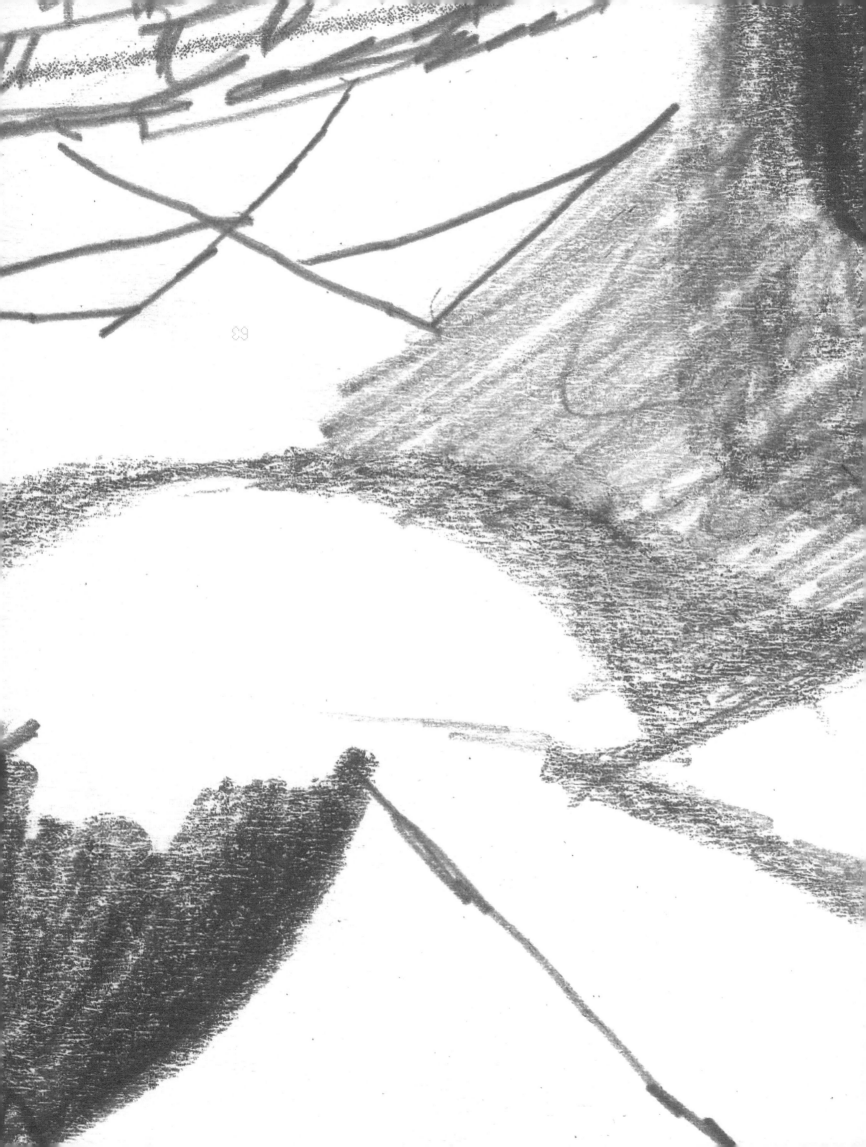

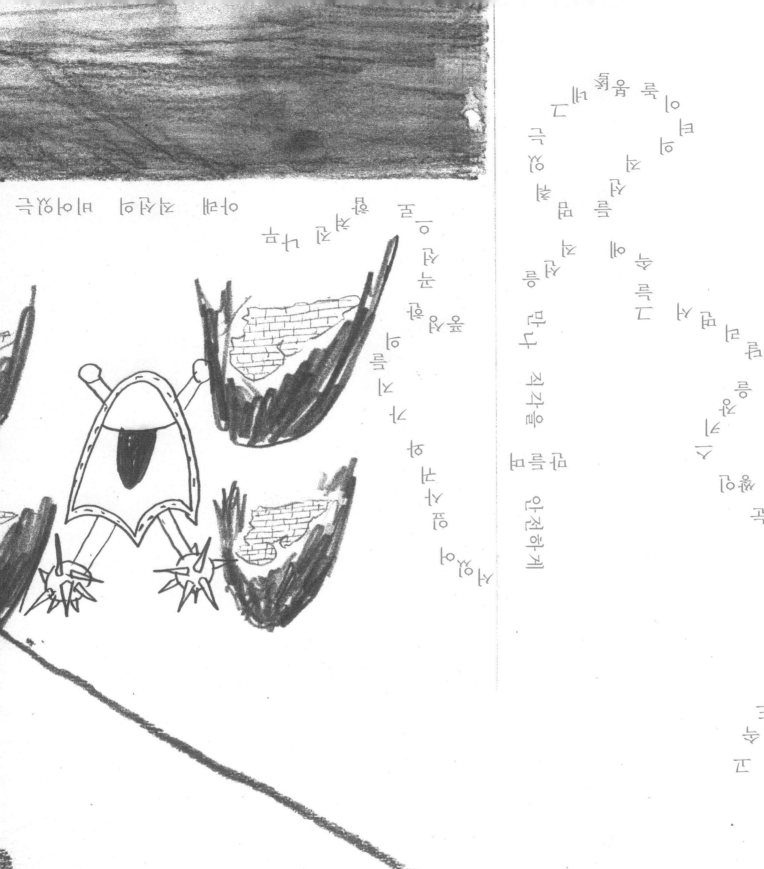

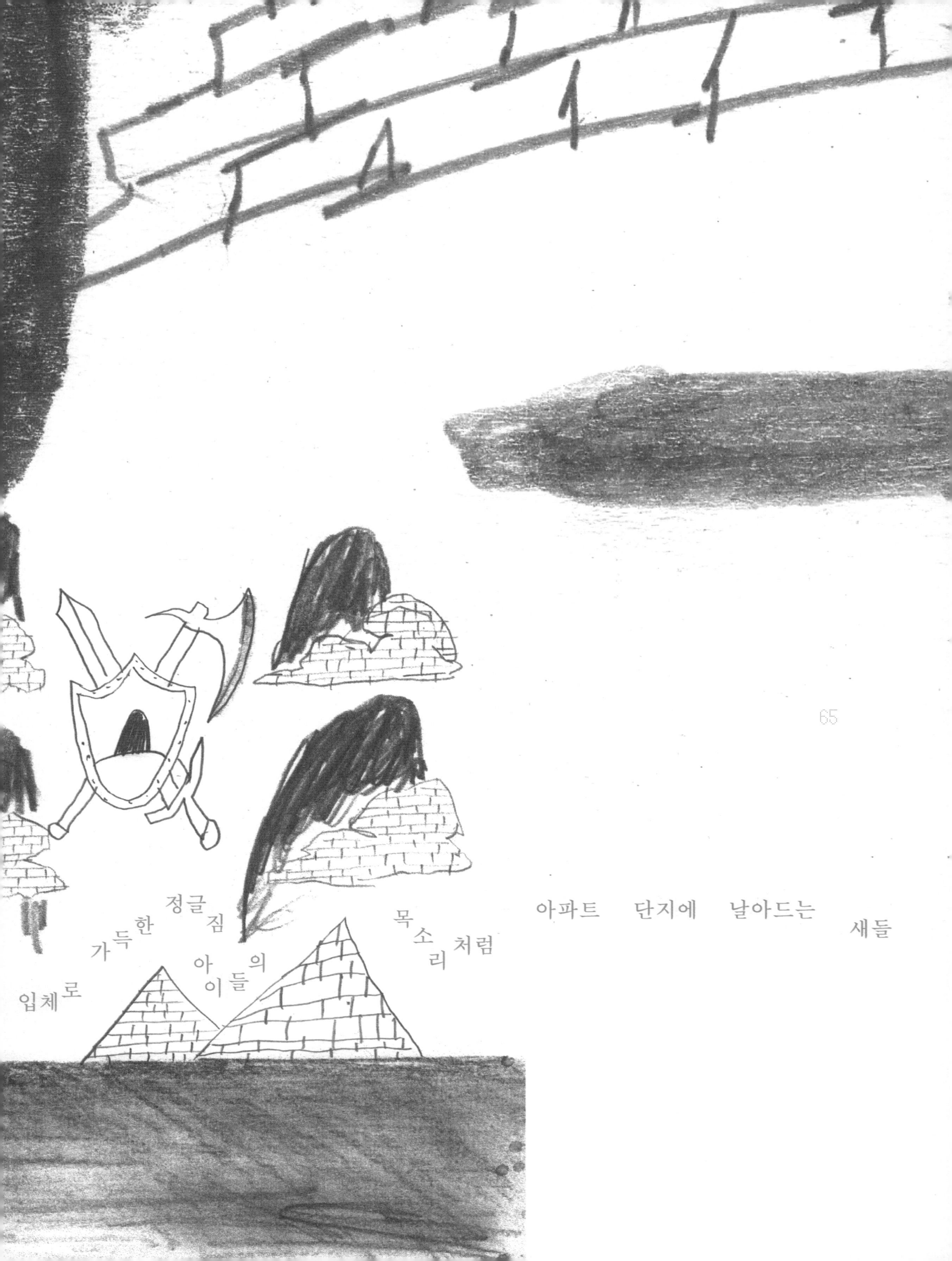

65

입체로 가득한 정글 짐
아이들
의
목소리처럼

아파트 단지에 날아드는 새들

눈길이 닿는 곳마다 눈길의 길이로　　　　날아 가버리며 새들의 속　도는

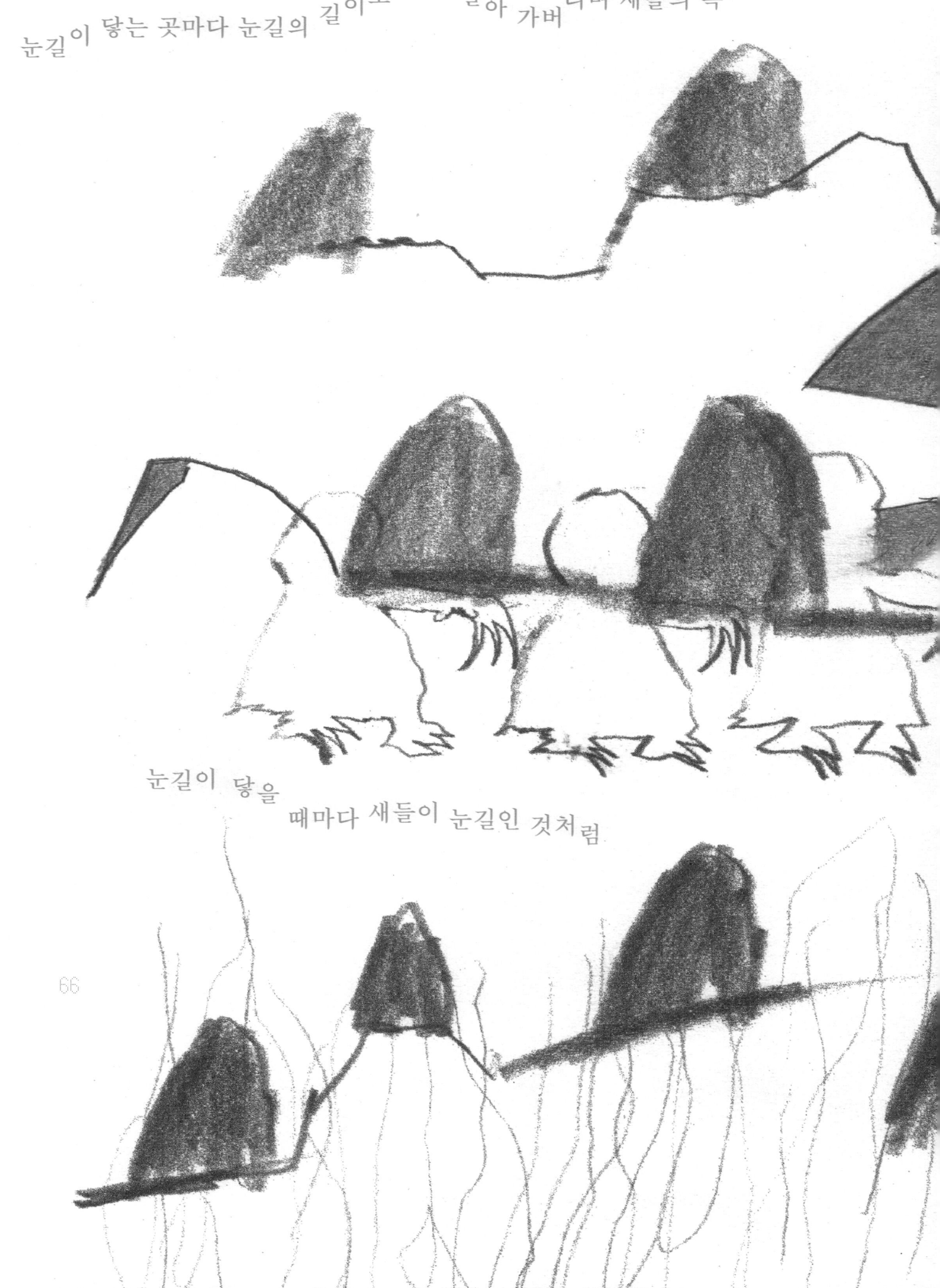

눈길이　닿을

때마다 새들이 눈길인 것처럼

66

자연스럽고 투명하게 서있는

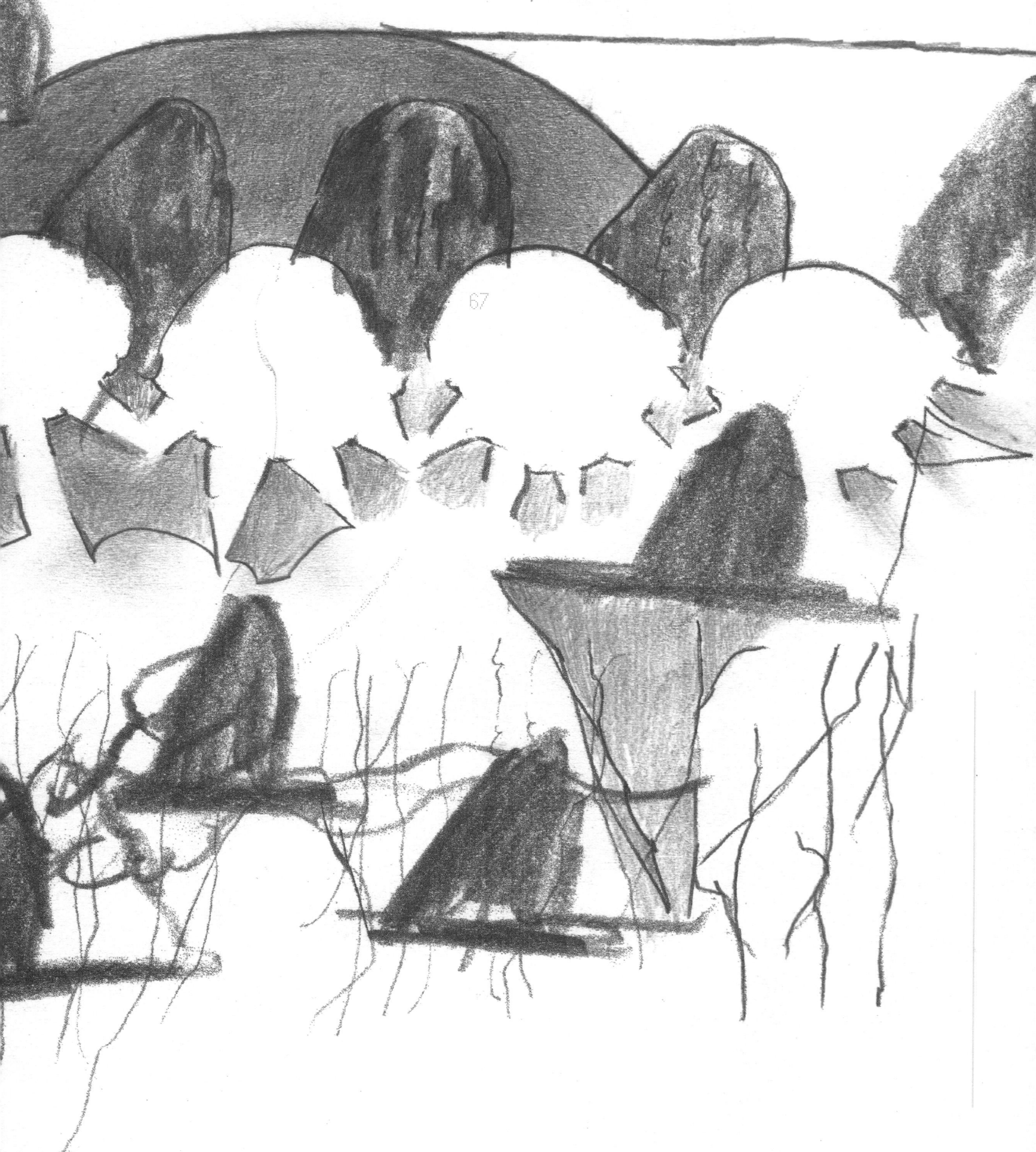

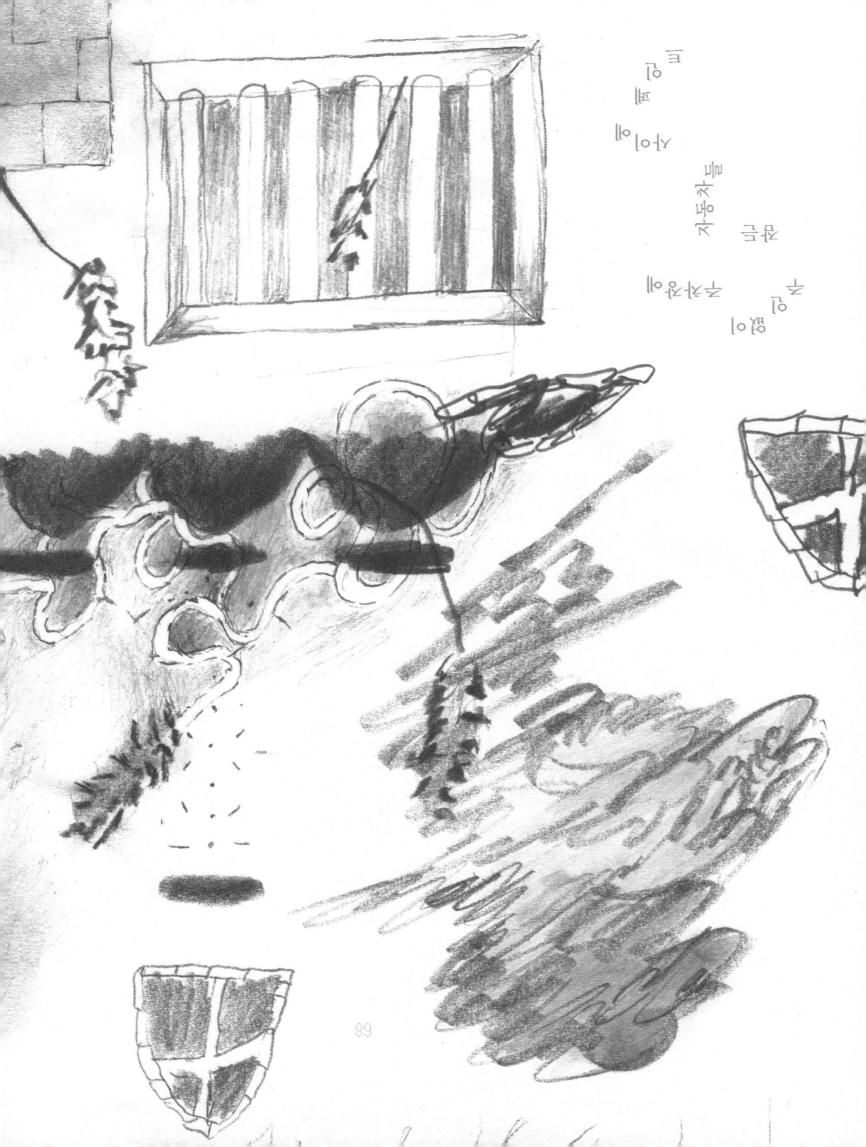

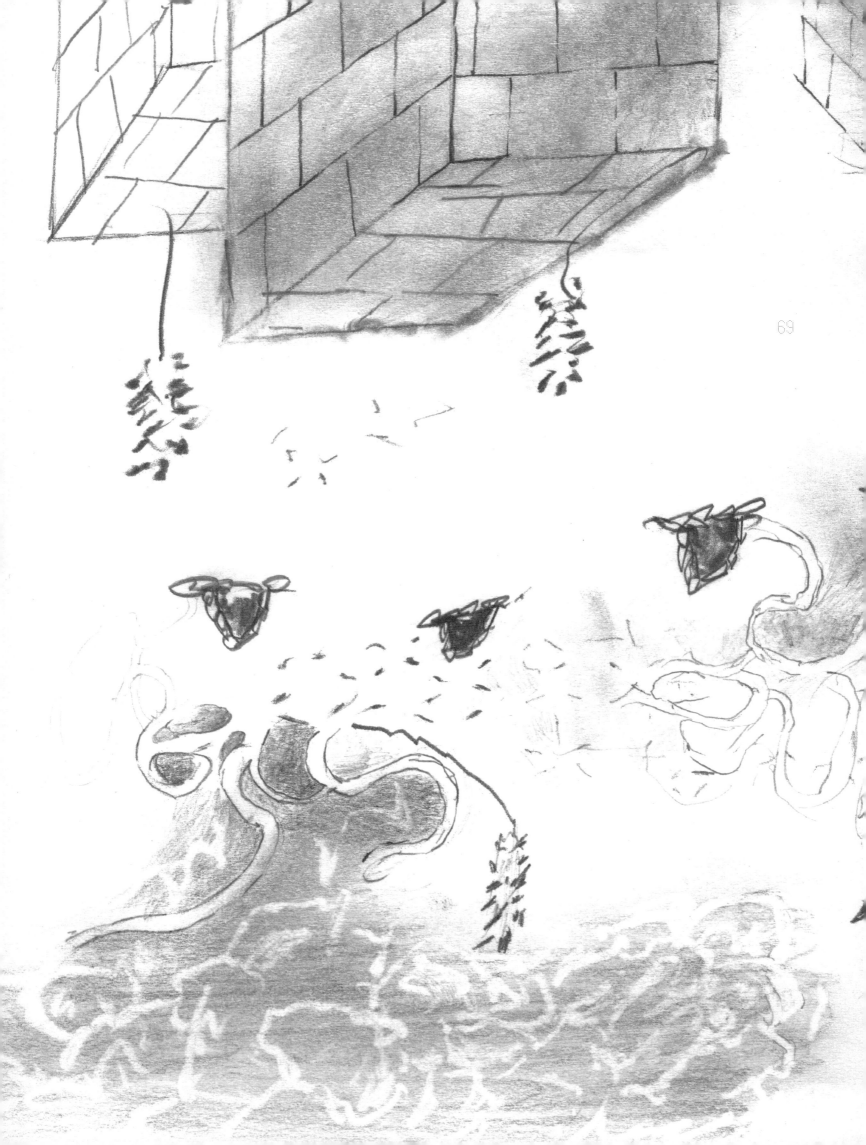

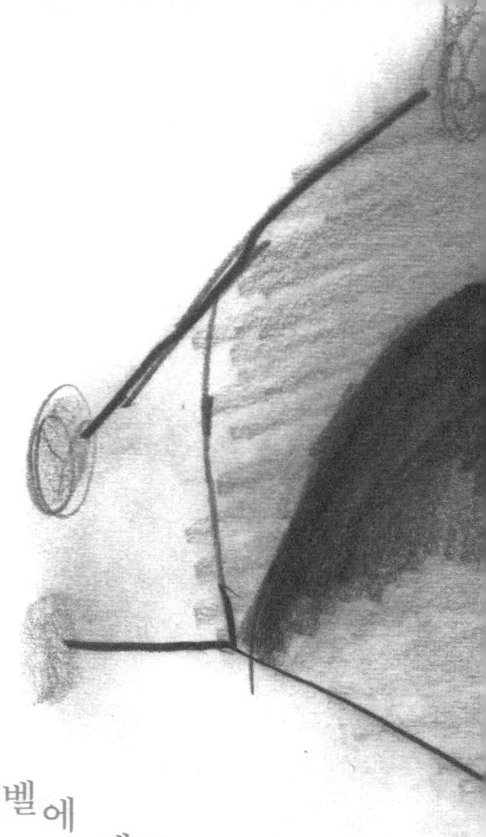

벗겨지고 녹슨 채 체인은 헐거운 그늘 헐렁거리는 낡은 페달

몇 년

지 리 돌 안 동

않아 소리 잃은

차임벨에

맴도는 햇빛

잃어버린 종소리의 모습으로 동 그 란 은색 차임벨 한

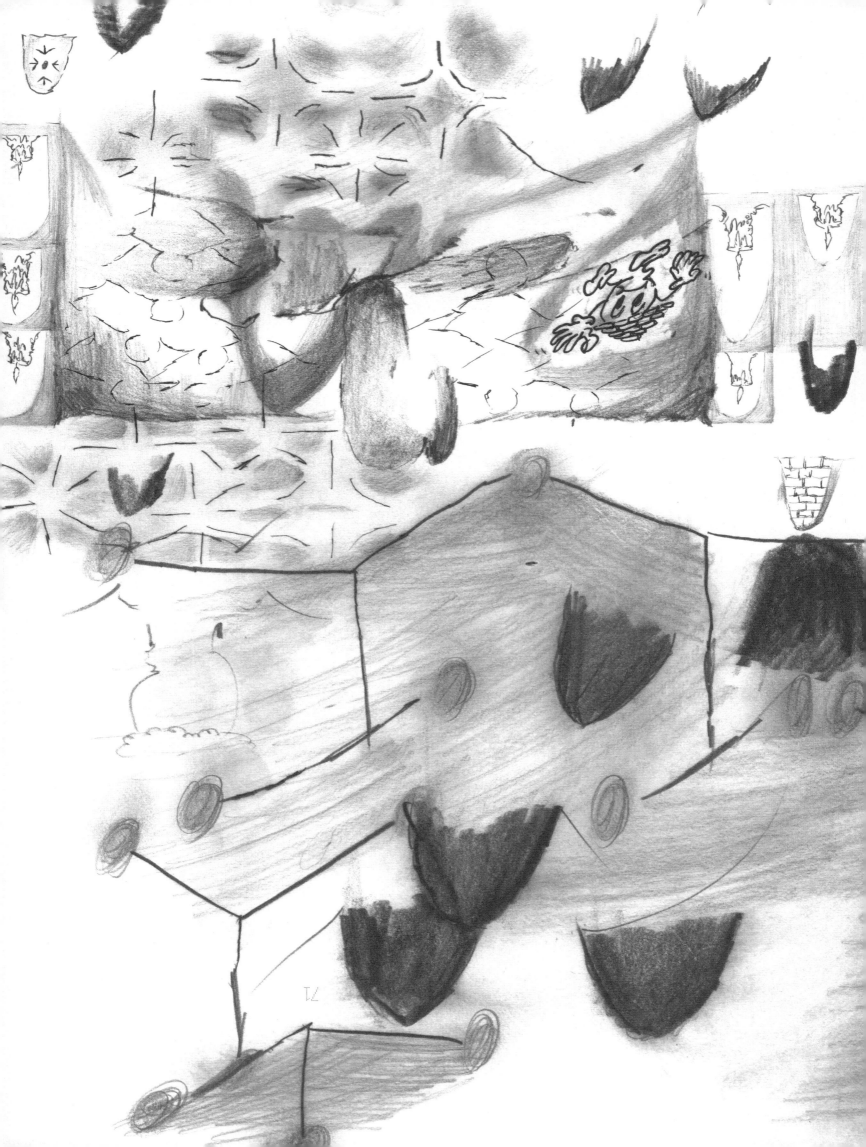

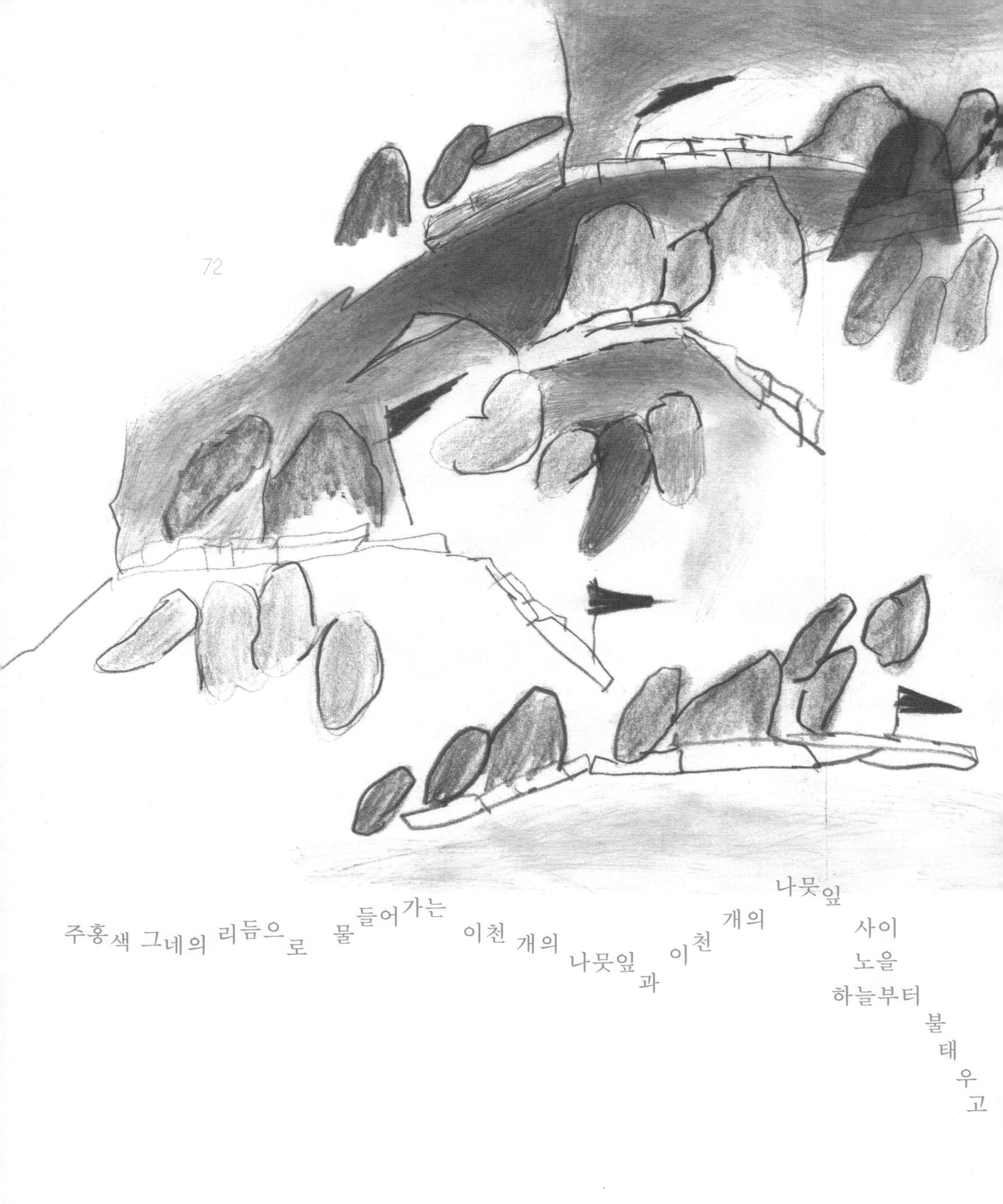

주홍색 그네의 리듬으로 물 들어가는 이천 개의 나뭇잎 이천 개의 나뭇잎 사이 노을 하늘부터 불태우고

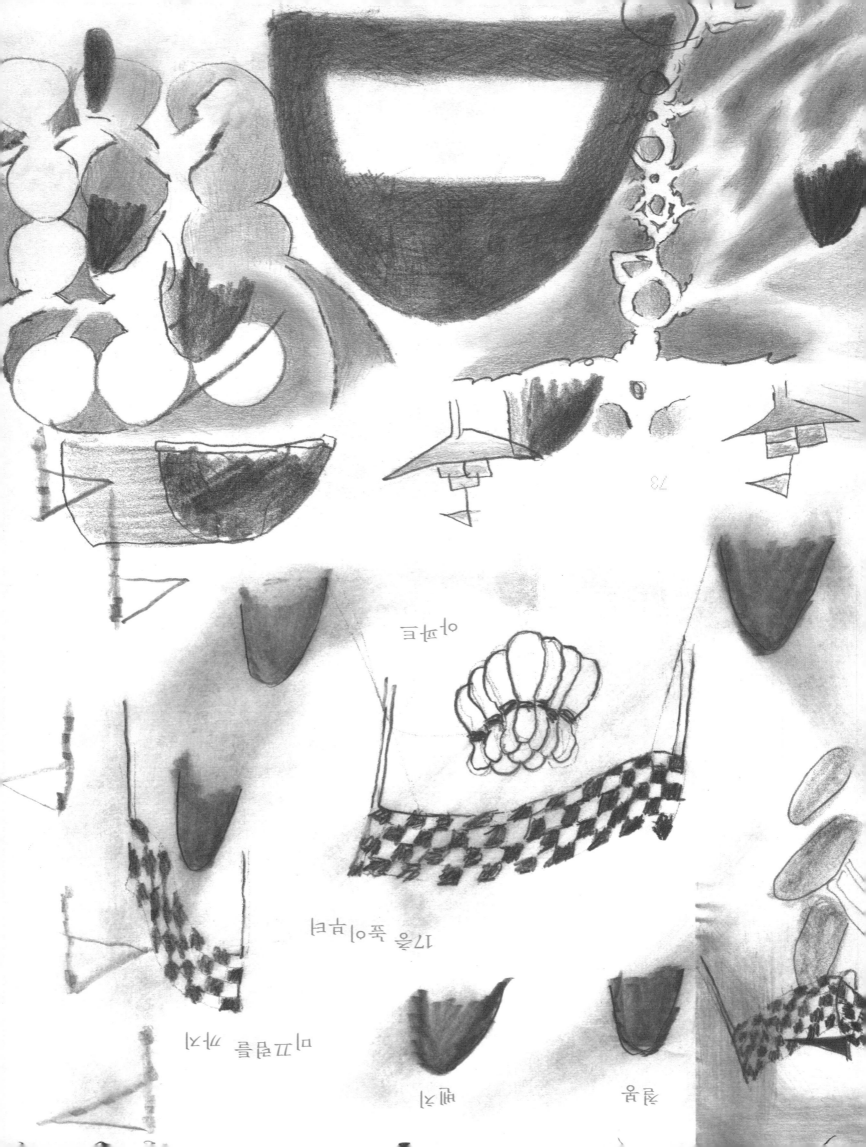

불^{타오르며}

구름^{떼가}

추락 하 는

유 리창들^에

러싸_인
둘

놀_{이터}

시소의

기 울 기 처 럼

74

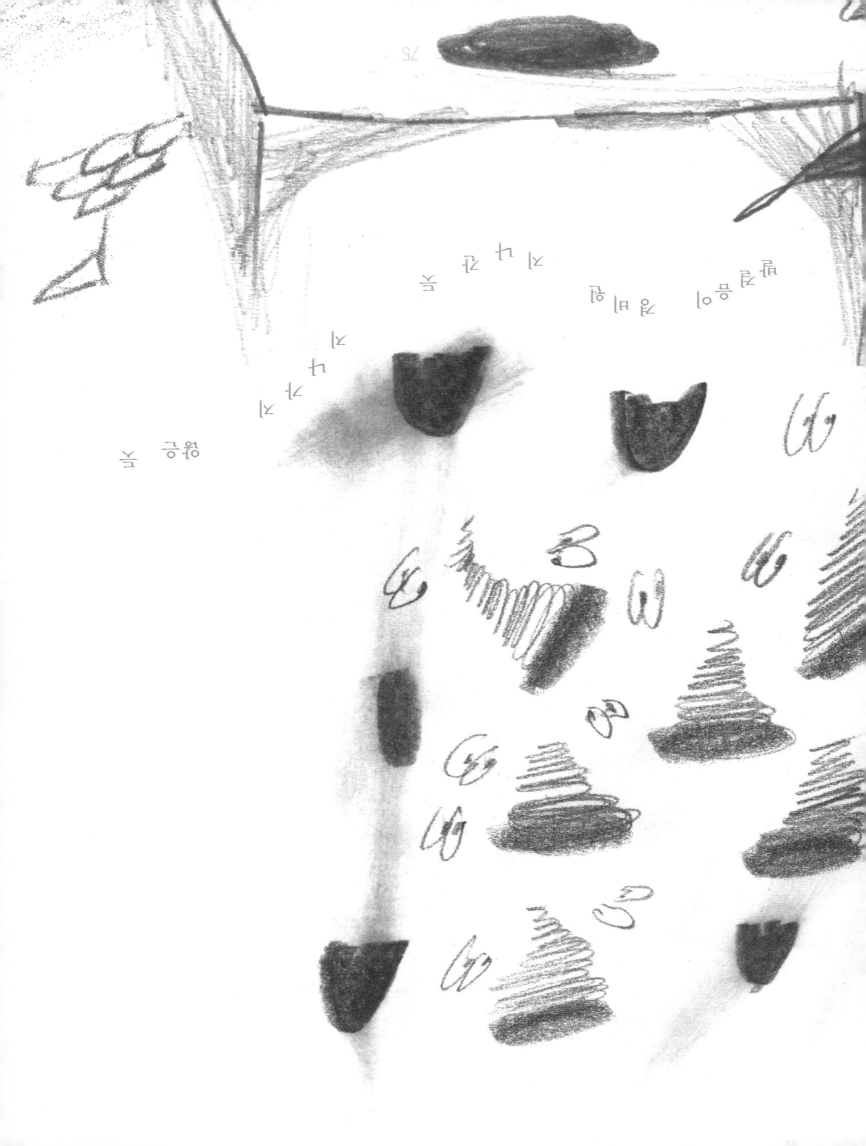

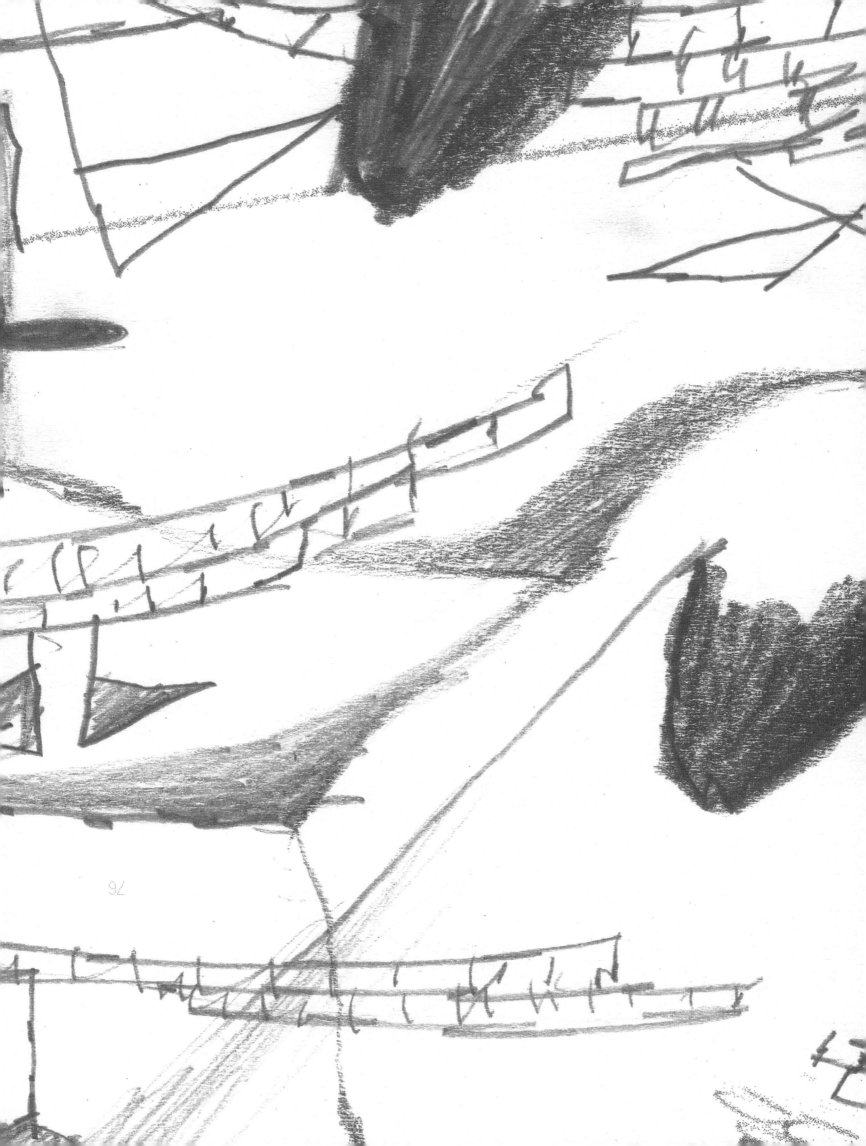

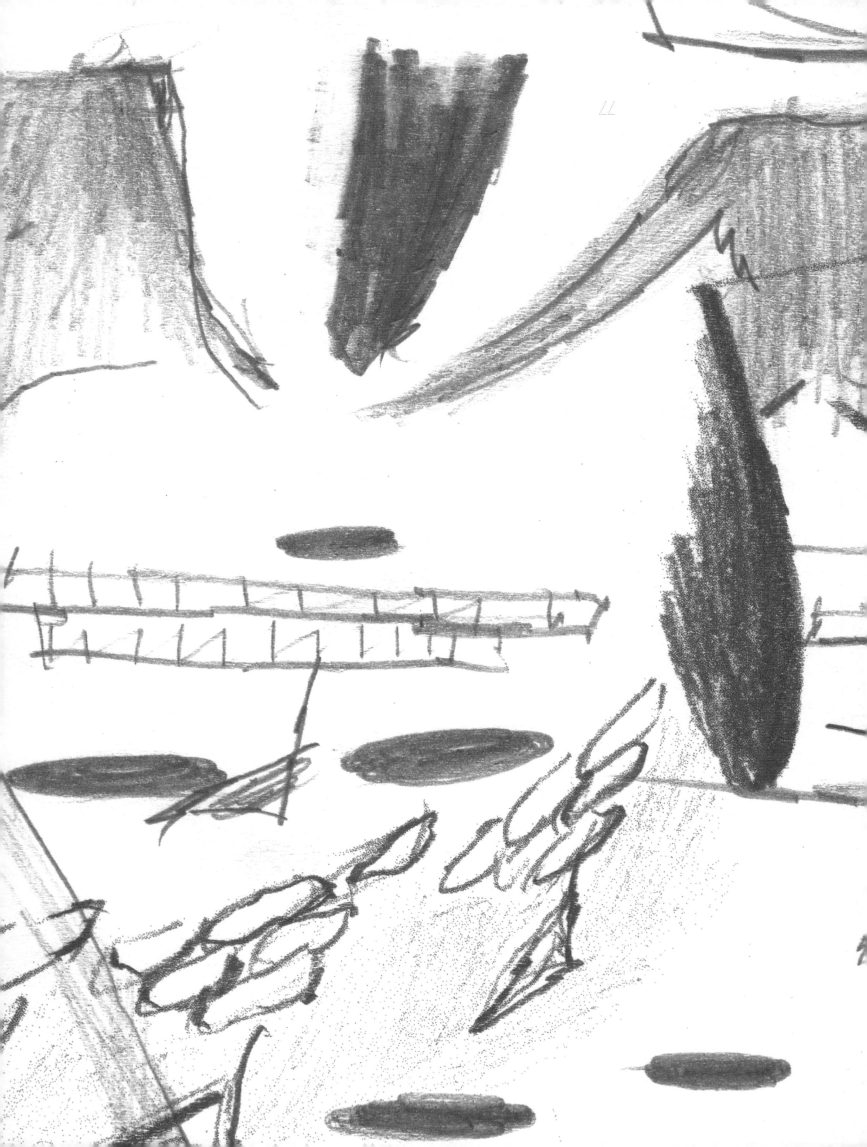

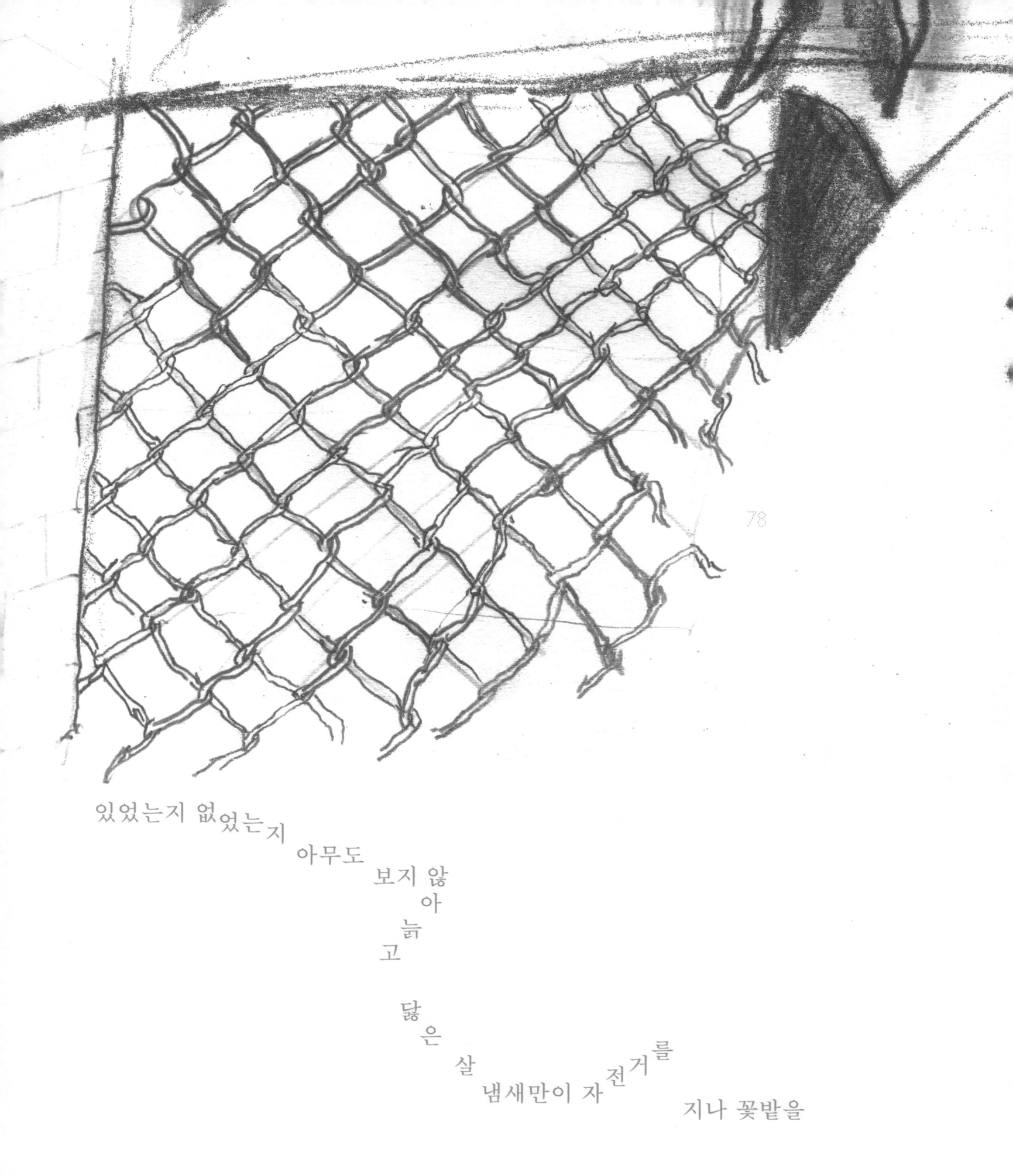

있었는지 없었는지
아무도
보지 않
아
늙
고

닳
은
살
전거를
냄새만이 자
지나 꽃밭을

지나

분리수거함을 지나 벤치를 지나

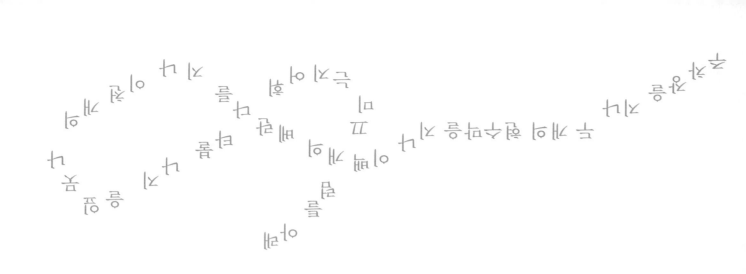

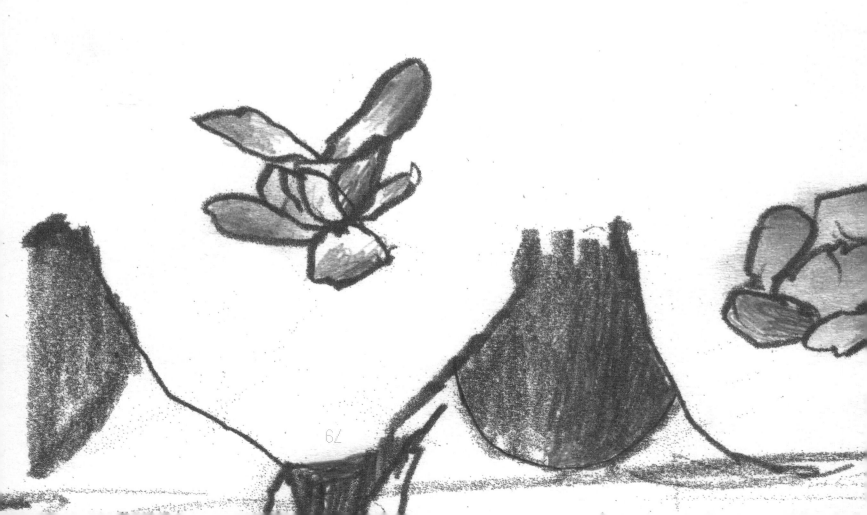

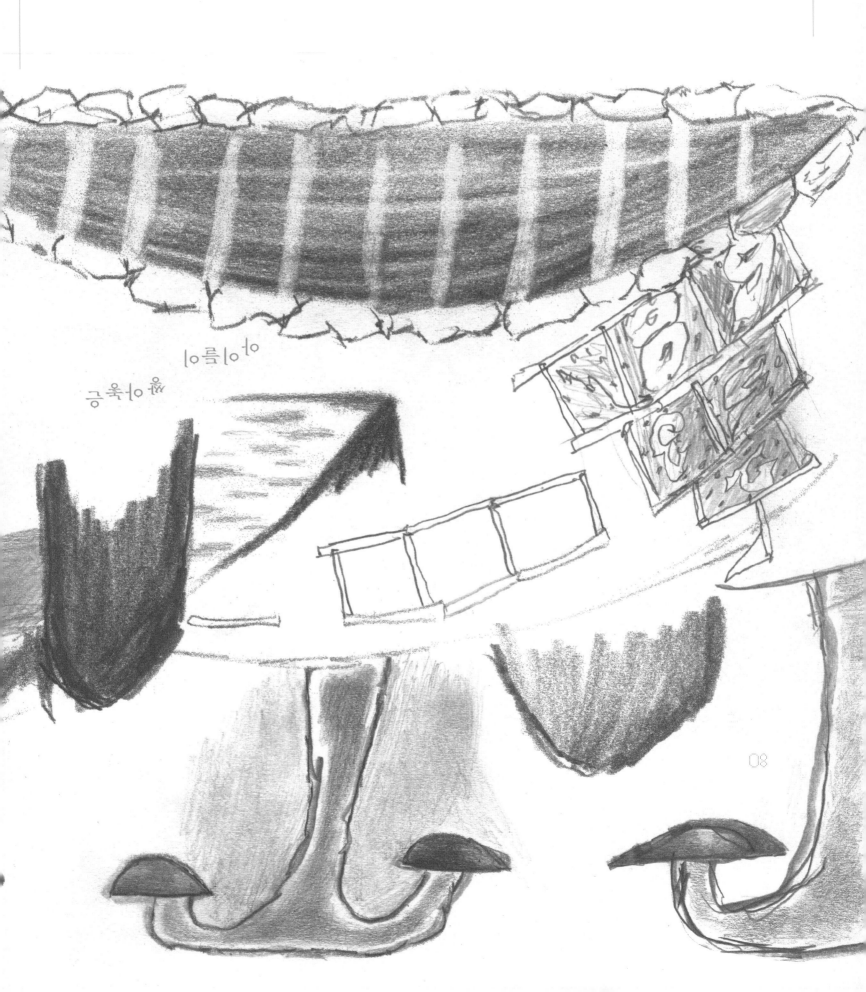

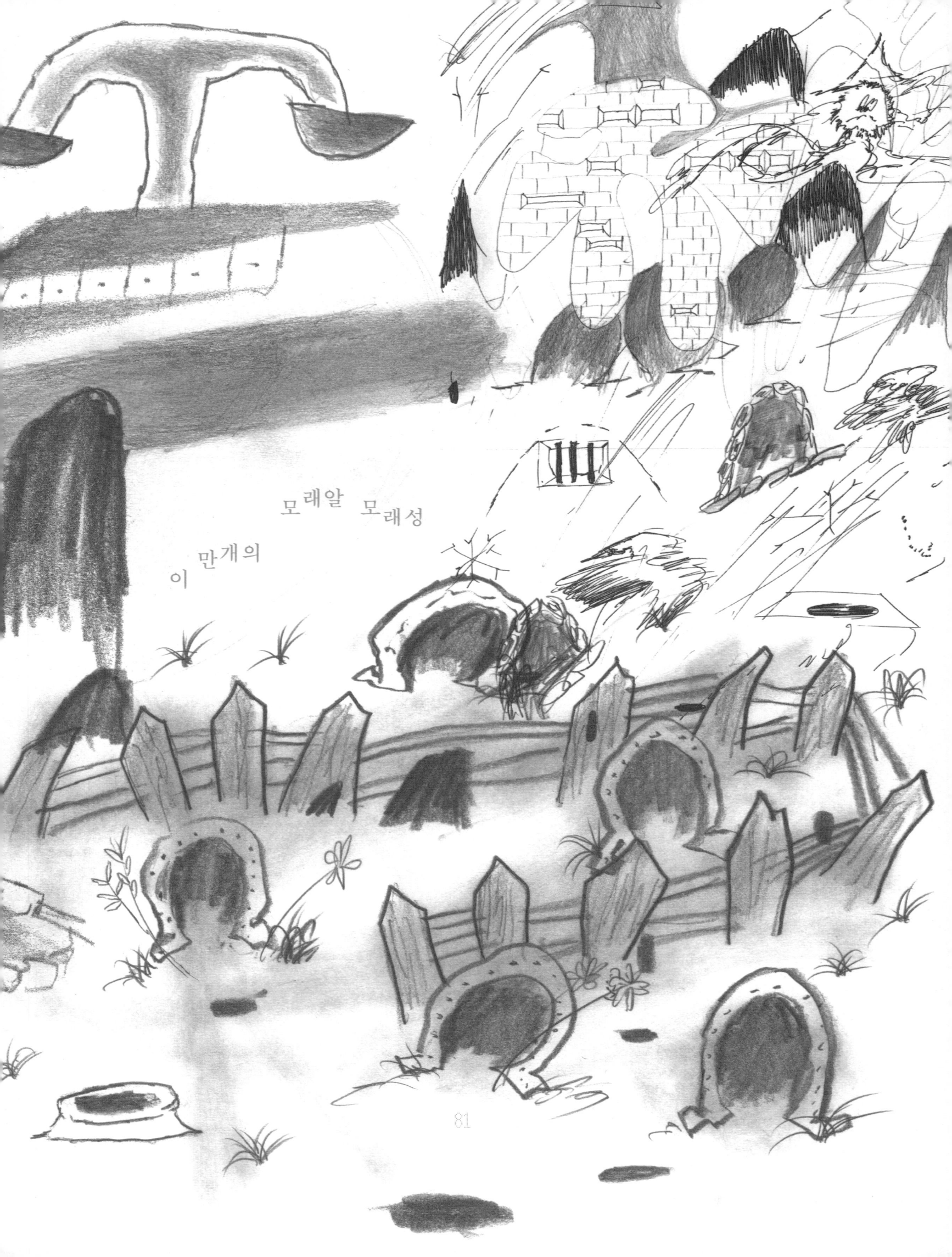

모래알 모래성

이 만개의

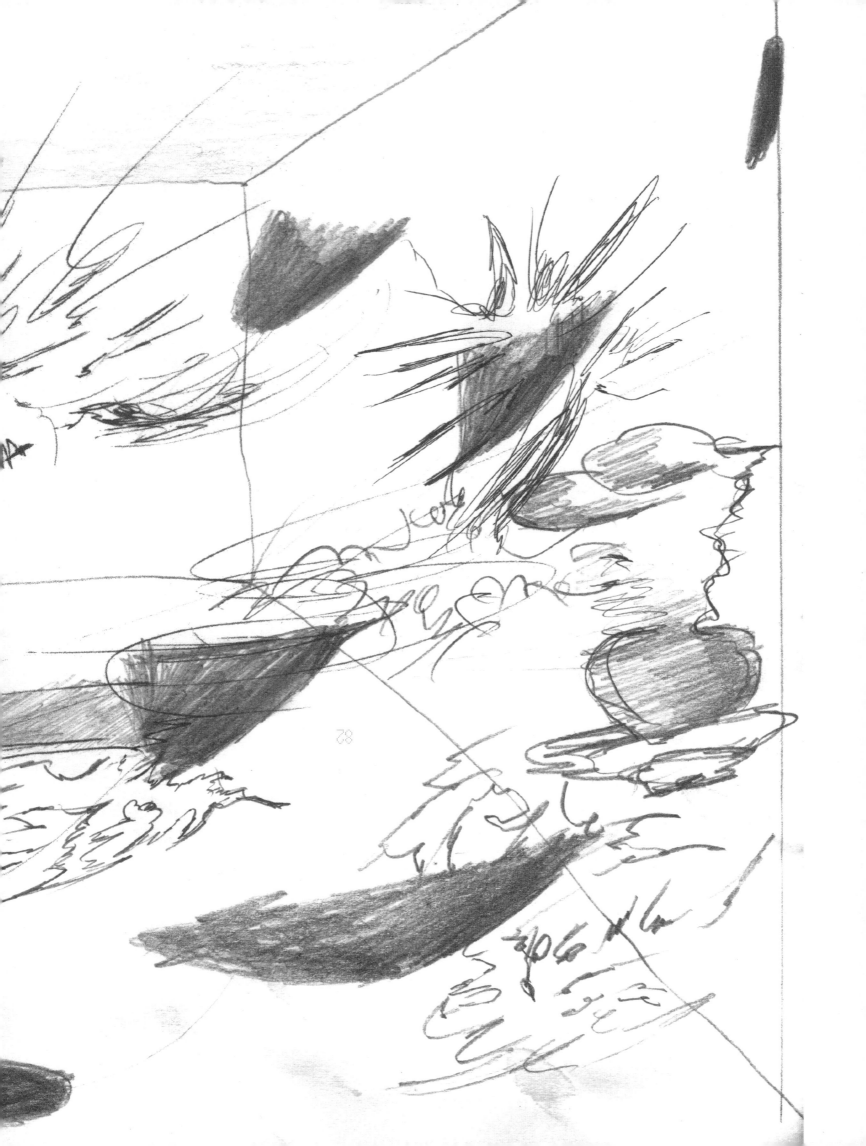

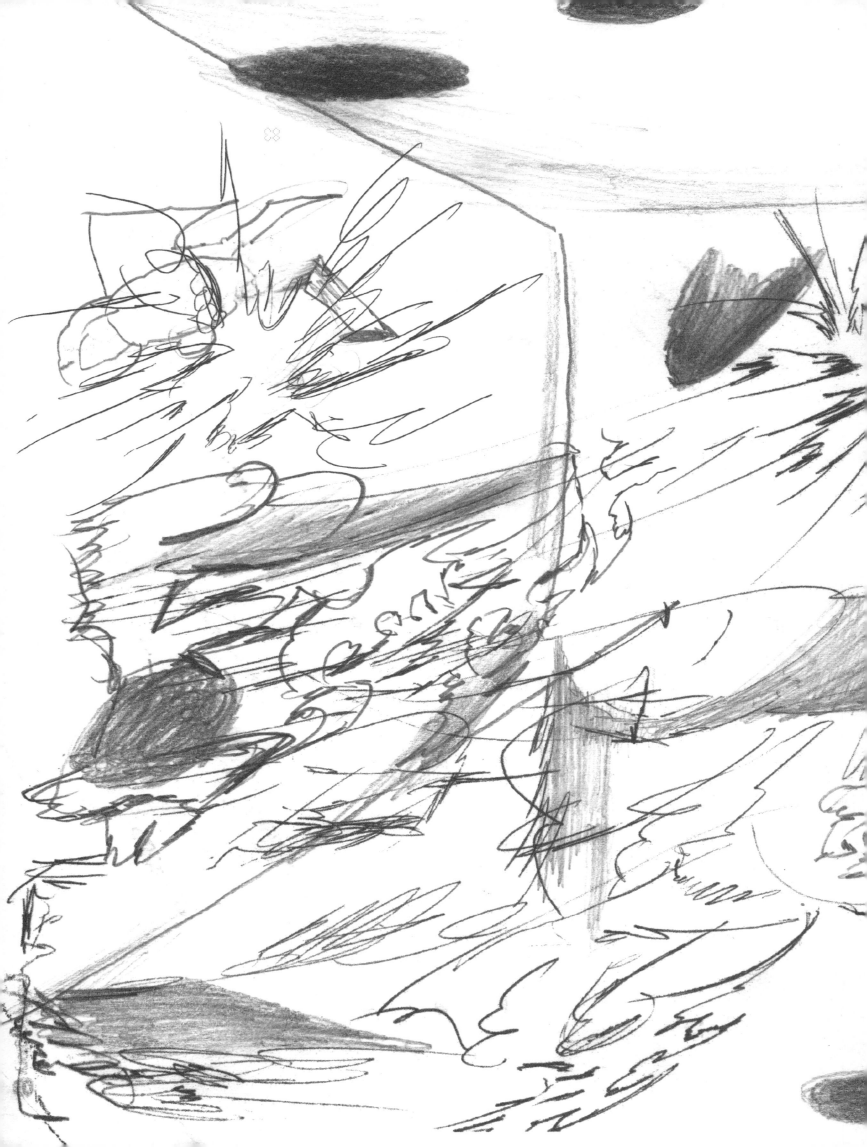

왕자는 여전히 새근새근 잠들어 있는 남자의 머리칼을 쓸어 내렸다.
왕자의 손이 닿을 때마다 남자의 머리칼이 하얗게 늙어가고 다시
아기처럼 까매지길 반복했다. 왕자는 남자의 꿈속으로 들어가
이번에는 왕자가 말이 되어 네 발로 들판을 걸었다.

백 시간을 걸어도 왕자는 남자의 꿈속에서 남자를 찾을 수 없었다.
남자는 꿈 밖에서 자신의 꿈속에 들어와 있는 왕자의 가녀린 몸을
바라보며 두 번째, 세 번째, 네 번째, 다섯 번째 꿈을 준비했다.

모 닝빵

1쇄 펴냄 2023년 1월 27일

그림 김지환, 민성식
글 이상우
디자인 강문식
편집 이한범
그림 보정 오석근

펴낸곳 나선프레스
등록 2019년 1월 8일 제 2019-000009호
주소 (04549) 서울시 중구 인현동 1가
100-4 403호
전자우편 rasunpress@gmail.com

ISBN 979-11-980575-0-1
값 28,000원

지은이 소개

김지환과 민성식은 서울에 기반을 두고 드로잉과 음악을 하며, 콜렉티브 dpgp78로 활동한다. fill-in(휘슬갤러리, 2022)에 참여하였고 coming sooning(2021), living and decoing(2021) 등의 진(zine)을 출판했다.

이상우는 소설가이다. 두 사람이 걸어가(문학과지성사, 2020), warp(워크룸프레스, 2017), 프리즘(문학동네, 2015) 등의 책을 썼다.